AF284991

WIZZLE
Chronik I - Das Haus der Hölle

Klaus Maria Müller-Hoberg

Wizzle Chronik 1

Das Haus der Hölle

Fantasy

Bibliografische Information der Deutschen
Nationalbibliothek:
Die Deutsche Nationalbibliothek verzeichnet diese
Publikation in der Deutschen Nationalbibliografie;
detaillierte bibliografische Daten sind im Internet über
http://dnb.dnb.de abrufbar.

2. überarbeitete Auflage

Korrektorat und Lektorat: Bogus, Jaquelin ‚Quitschie‘ Kase

Cover: Klaus Maria Müller-Hoberg und Sovin Manuel

Illustrationen: Klaus Maria Müller-Hoberg

Herstellung und Verlag: BoD – Books on Demand,
Norderstedt

ISBN: 978-3-7578-1072-6

INSPIRIERT DURCH EIN
PEN&PAPER-ABENTEUER

Einführung
(Oder auch: „Das kleine Junker – Einmaleins")

Liebe Leserin, lieber Leser,

Ihr werdet in eine magische, vielleicht schon klischeehafte Welt, genannt „Rakomir", eintauchen, in eine Welt voll unterschiedlichster Wesen, Pflanzen und Absonderlichkeiten jeder Art. Magier und Götter bestimmen das Weltgeschehen, wobei die Götter für gewöhnlich bloß über ihre Diener handeln und aus dem Verborgenen heraus agieren. Sie sind, könnte man sagen, die Fädenzieher.

Die Magier beherrschen in der Regel eines von acht astralen Elementen und sind von aller Welt hoch angesehen. Manche unter ihnen werden Junker genannt und reisen durch das Land auf der Suche nach Monstern und magischen Artefakten. Die Junker haben geschworen, das Reich vor den Wesen der Finsternis zu beschützen und ihre Eigenarten zu erforschen – entsprechend hoch fällt ihre Reputation aus.

Eine Mehrheit der Monster ist von ärmlichem Verstand und in erster Linie auf Mord und Fortpflanzung aus, sodass Junker auch ungehindert auf Jagd gehen können, ohne irgendeine Anklage zu fürchten, soweit die Annahme der Allgemeinheit.

Doch was springt für den Monsterjäger dabei raus? Nun, das ist ganz einfach. Sobald ein Monster stirbt, tritt einer der beiden folgenden Fälle ein: Entweder fährt die Seele des Monsters an einen Ort, der „das Haus der Hölle" genannt wird, oder sie manifestiert sich in einem Gegenstand und erscheint neben oder an

Stelle der erlegten Bestie. Hierbei können die merkwürdigsten Dinge erscheinen: von leeren Gläsern Marmelade bis hin zu mörderischen Schwertern! Artefakte dieser Art sind selten und begehrt. Und sie sind machtvoll ...

Ich wünsche viel Spaß beim Lesen! Falls man die acht Octamagier, die man im Folgenden kennenlernen wird, nochmal genauer unter die Lupe nehmen möchte, dann kann man das im letzten Kapitel dieses Buches tun (Achtung, Spoiler-warnung ist gegeben)! Auch eine Landkarte findet sich dort.

In der Hoffnung, dass Euch das Buch gefallen wird, LAGUZ GEBO!

~Klaus M. Müller-Hoberg

Übersicht über die wichtigen Charaktere

Ordensmagier der Octa ersten Ranges
      Richard Cliff: Ordensleiter, Leeremagier
      Arnt Cliff: Naturmagier
      El Artren: Lichtmagier
      Erea Haruki: Finsternismagierin
      Darvon Dorian: Windmagier
      Ariagon Carduin: Erdmagier
      Adria Baldar: Wassermagierin
      Rebecka Faris: Feuermagierin

Ordensmagier der Octa zweiten Ranges
      Meister Älos: Windmagier
      Will Gray: Windmagier (Schüler)

Ritter des dunklen Bundes: Ritterorden, der vom bösen Herrscher Nizedir Crime in die Welt berufen wurde

Simba Sarios: Fürst Ny-Azh-Naduurs

Jin Dooza: Königin der Eulen, Finsternismagierin
Iro: Schmied

Vorgeschichte

„Früher als gedacht", ärgert sich Iro, als einige Männer in schwarzen Rüstungen und mit Schwertern in seine Schmiede stürmen. Iros kastanienfarbenes Haar klebt an der schweißnassen Stirn. Er trägt bloß eine kurze und verschlissene Hose, die Lederschürze hat er vor Stunden schon über den Schemel in der anderen Ecke des Raumes geschmissen.

Die Glut strahlt fast weiß, lässt die Umgebung flirren und verströmt eine stickige Luft. Die Männer in den schwarzen Rüstungen müssen husten – Sie sind diese Trockenheit nicht gewohnt.

„Welch Drachenschlund einer Esse!", klagt einer, dessen Mund Wüste geworden ist.

„Ist Euch ein Mann namens Iro bekannt?", fragt ein anderer schwer atmend.

Der Gefragte legt seinen Hammer auf den Amboss, wendet sich von der Esse ab und spricht zu den Männern, das glühende Schwert noch in Händen haltend: „Wer will das wissen?"

„Kein Grund zur Sorge", sagt der bärtige Mann, der ihm am nächsten steht. „Komm mit uns und du wirst nicht verletzt."

Iro wirft einen genaueren Blick auf die schwarzen Rüstungen der Männer. Nie zuvor hat er Rüstungen wie diese gesehen.

„Was läuft hier?", fragt er.

„Ihr dürft entscheiden: Die leichte oder die harte Tour", droht der am grimmigsten dreinblickende unter ihnen.

„Ruhig Blut, Fred. Er wird uns folgen, dann passiert ihm auch nichts", sagt der Bärtige. „Richtig, Iro?"

„Ich habe nichts verbrochen", entgegnet Iro.

„Habwn wa nift bewhaupt", nuschelt der, der zuerst sprach (und aufgrund mangelnder Spucke kaum noch zu verstehen ist). Er holt mit seiner Faust nach Iro aus. Die Faust trifft auf Iros massige Brust, drapiert sie quasi. Unbeeindruckt spießt Iro den Angreifer auf. Die glühende Spitze bohrt sich durch den Bauch und durchstößt die Rückenplatte.

„Auf ihn!", brüllt der Bärtige, fällt zurück und lässt seine Schar die Arbeit verrichten: Die Eindringlinge stürmen auf Iro zu. Den ersten befördert er mit einem Fußtritt in die Esse. Die Haare des Angreifers sind in Sekundenschnelle verpufft. Er zieht seinen qualmenden Kopf schreiend aus der Glut. Mit Ruß in den Augen kämpft es sich nicht gut: Er stürmt durch die Tür, Hauptsache raus aus dem eruptiven Habitat.

Mit dem nächsten liefert sich Iro einen heftigen Schlagabtausch. Funken sprühen, als Iros glühende Klinge auf die des Angreifers trifft. Jedoch hat sich währenddessen ein dritter von hinten angeschlichen: Er schlägt mit der Kohleschaufel wuchtig auf Iros Hinterkopf ein. Iro sieht Sterne und dreht sich benommen um … aber noch steht er! Mit aller Kraft holt er mit seinem glühenden Schwert nach der Hand des Schaufelführers aus und trennt diese vom Rest des Arms.

„AARGH! Bei Wizzle!"

Erst der vierte versetzt Iro mit einem Schwertknaufhieb gegen die Schläfe ins Schlummerland.

„Nehmen wir ihn mit."

Zwei der Männer fesseln Iro und ziehen ihn raus auf die Straße.

„Wo wurde sie das letzte Mal gesehen?", fragt der

bärtige Mann einen seiner Gefolgsleute. Er verbindet gerade seinen Armstummel.

„Jin Dooza, Kommandant Boris? Sie nutzt die Wälder, um sich zu verstecken. Zuletzt wurde sie gestern in den südlichen Wäldern, nahe Burg Rabensangs gesichtet, Komman… verflucht! Bring mir mal einer etwas Rum! Und Eis für meine Hand! Ich will sie mir wieder annähen lassen!", entgegnet der Mann. Boris kratzt sich am Kinn.

„In welche Richtung war sie unterwegs?", fragt er in die Runde.

„Süden", sagt einer der anderen Männer. Da klart der Blick des Kommandanten auf.

„Sie will nach Lignum … ja, natürlich! Ihr beiden, sattelt die Pferde. Ihr kommt mit mir, wir werden sie abfangen. Ihr anderen, sucht in den Wäldern! Findet ihre Spuren! Den Schmied nehme ich mit. Bindet ihn an eines der Pferde!", befiehlt der bärtige Boris aufgeregt. Dann teilt sich die Gruppe: Boris reitet Richtung Süden, begleitet von Fred und einem weiteren Mann namens Kevin. Die anderen begeben sich auf Spurensuche.

Nach einem halbtägigen Ritt sind sie an den Rand des Waldes gelangt. Sie steigen von den Pferden und binden sie an drei Eichen fest. Dann entzünden sie ein Feuer und rollen den nächstbesten Baumstamm heran, um sich daraufzusetzen.

„Ich hab' gehört, sie soll die Magie der Finsternis meisterlich beherrschen!" Fred durchbricht die Stille, die beim Warten am Lagerfeuer entstanden ist.

„Alle anderen Pfade dieses Waldes werden schmaler und enden schließlich. Ich kenne diesen Wald wie meine Westentasche. Jin Dooza wird hier langkommen müssen. Ich bin mir sicher!", überlegt Boris laut und stochert mit einem Zweig im Lagerfeuer.

„Finsternismagie?", fragt Kevin und übergeht Boris' Überlegungen. „Ich habe gehört, sie soll die erste Schülerin des Gottes Wizzle höchstpersönlich gewesen sein!"

„Das ist doch Quatsch", befindet Boris und nimmt einen Schluck Met aus seinem Trinkschlauch. „So etwas wie Götter gibt es nicht und Jin Dooza ist nichts weiter, als eine gewöhnliche Magierin."

Die Männer ignorieren ihren bärtigen Befehlshaber, der sich nun auf den Rücken legt und die aufziehenden Sterne beobachtet.

„Man sagt auch, sie soll sich in eine riesige weiße Eule verwandeln können", erzählt Kevin. Wie zum Abheben bereit, breitet er die Arme aus.

„Und nicht nur das, als Mensch soll sie sehr attraktiv sein!", flüstert Fred.

„Wirklich?"

„Wenn ich es doch sage! Aber sie ist eine Rose … Hinter der Schönheit versteckt sich eine kämpferische Natur!"

Beide lachen und stoßen die Köpfe aneinander. Ein Brauch, der sich einbürgerte, nachdem sie bei einem Kopfnuss-Duell so lange die Köpfe gegeneinandergeschlagen hatten, dass sie gleichzeitig ohnmächtig von ihren Stühlen kippten. Man kann weder behaupten, dass die Schankmaid, die es zu beeindrucken galt, beeindruckt war, noch, dass sie daraus gelernt hätten.

„Na dann gut, dass wir die Besten sind", grummelt Boris und schließt die Augen, um etwas Schlaf zu finden. Das Sternbild des Feuerdrachen verschwindet schon im Osten, als ein knackendes Geräusch im Dunkeln des Waldes ertönt …

Einer der Männer schreckt aus dem Schlaf: „Was war das?"

„Sie", sagt Boris, springt auf und bindet Iro vom Pferd, der mittlerweile zu sich gekommen ist. Ihm brummt der Schädel. Kommandant Boris wirft ihn auf die Knie und hält ihm ein Schwert an den Hals.

„Ihr verdammten Hunde! Wehe ihr krümmt Jin auch nur ein Haar!", brüllt Iro.

„Wir werden sehen … es kommt ganz darauf an, ob deine Freundin das tut, was wir wollen", erklärt Boris. Er kneift die Augen zusammen, um etwas in der Dunkelheit zu erkennen.

„Tötet ihn", sagt Boris, ohne dass sich irgendein Grund dafür erkennen ließe. Er tritt zurück, sodass Fred ungehindert – wenn auch irritiert dreinblickend – sein Schwert ziehen und damit nach Iros Kopf ausholen kann.

Dann hört man eine wutverzerrte Stimme aus dem Dunkeln des Waldes ertönen: „Lasst ihn gehen!"

Boris lacht: „Du bist weicher als ich dachte … Jin Dooza."

Eine Frau mit schwarzem Haar tritt aus dem Gebüsch hervor. Das Lagerfeuer wirft etwas Licht auf sie. Ein violetter Schimmer ihres Haares ist auszumachen: Wie ein Sonnenuntergang, der von der Nacht fast gänzlich verschlungen wurde. Auch ihre grünschwarzen Augen sind sehr einnehmend. Bloß die Kleider, die sie am Leib trägt, sind dreckig und eingerissen. Sie atmet schwer.

„Jin? Was ist passiert? Was machst du hier?", fragt Iro.

„Sagte ich ja!", meint Kevin. „Sie sieht echt bombig aus!"

„*Pscht!* Haltet jetzt die Schnauze!", befiehlt Kommandant Boris und widmet sich wieder Jin Dooza.

„Das tun wir, doch dafür musst du uns eine Kleinigkeit geben."

„Niemals!"

Doch ihre Hände zittern und ihr Blick zuckt zwischen Boris, Fred und Iro hin und her. Boris kann sich das breite Grinsen nicht verkneifen. Er befiehlt Fred mit einem Händewedeln beiseite zu treten. Dann schneidet er mit dem Schwert langsam an Iros Hals entlang, sodass etwas Blut hervortritt. Jin weicht einen Schritt zurück.

„Gib sie ihm nicht, gib sie ihm nicht!", ruft Iro verzweifelt.

„Wenn du sie uns nicht gibst", sagt Kommandant Boris und seine Augen weiten sich, „dann stirbt er."

„Mein Leben ist es wert! Die Schriftrolle muss beschützt werden, das hast du mir doch immer gesagt, Jin!", ermahnt Iro sie. Jin schließt die Augen und legt die Stirn in Falten. Dann greift sie unter ihren Mantel. Sie zögert einen Moment. Ihr ganzer Körper steht unter Spannung. Ein Schweißtropfen läuft über ihre Stirn. Ihr Herz rast. Sie spürt das Pochen in jeder Faser ihres Körpers.

Schließlich löst sich die Spannung wie ein Knoten, der immer da war und nun reißt. Ein Gebot, das nie gebrochen wurde – bis jetzt. Sie holt eine Schriftrolle hervor.

„Hier ist sie, die Raelka-Schriftrolle", sagt Jin. „Woher weiß ich, dass ihr ihn gehen lasst, wenn ich euch die Schriftrolle gebe?"

„Welche Wahl hast du denn?", fragt der Kommandant mit hochgezogener Augenbraue. Kurz herrscht Stille und Jin Dooza blickt einem Ritter nach dem anderen tief in die Augen.

„Diese", erwidert sie und streckt die Hand aus. Auf der

Stelle färben sich die Augen der Männer schwarz und sie erblinden, wenn auch nur für die kurze Dauer dieses Zaubers.

„Verfluchte Höllenbrut!", brüllt Boris und schlägt um sich, wobei er Iro im Gesicht erwischt. Der junge Schmied kippt um und landet mit dem Kopf im Matsch.

„Das habt ihr davon, wenn ihr Jin Dooza auflauert!", belehrt Jin die Ritter und kommt zu Iro gelaufen, nun, da sie glaubt, der Feind wäre abgelenkt. „Iro, geht es dir gut?"

Sie kniet neben ihm nieder und hilft ihm auf.

„Jin, Vorsicht!", ruft Iro, als er seinen Blick hebt. Doch die Warnung kommt zu spät. Die Männer, die Jin Doozas Spuren verfolgen sollten, stürzen sich auf sie und legen ihr magiefeste Vollhandschellen an. Jins Zauber verfliegt noch in dem Moment, in dem sich die Handschellen um ihre Hände schließen. Die Schriftrolle fällt zu Boden.

„Reichlich spät, ich dachte schon, ihr kämt gar nicht mehr!", fährt der bärtige Boris die Männer an.

„Ihr sagtet, dass ihr ihn freilassen würdet!", klagt Jin. Boris, der nun sein Augenlicht zurückerlangt hat, nähert sich Jin mit einem neuerlichen Grinsen und hebt die Schriftrolle auf.

„Aber nie wann und wo …", erwidert er. Die anderen Ritter werfen Jin zu Boden und treten solange auf sie ein, bis sie bewusstlos ist.

„Nein, Jin!", ruft Iro verzweifelt und versucht mit aller Kraft, sich aus den Fesseln zu befreien. Vergeblich. „Lasst sie in Frieden!"

„Und du, du wirst unser Druckmittel bleiben!", sagt Kevin und grinst blöd.

„Damit werdet ihr nicht durchkommen! Ihr handelt gegen den Willen des Gottes Wizzle!", entgegnet Iro.

„Ihr Fanatiker, es gibt keine Götter. Es gibt nur Stärke und Schwäche", sagt Boris und wendet Iro den Rücken zu.

„Was machen wir jetzt mit ihnen?", fragt Kevin den Kommandanten.

„Wir bringen sie nach Azbalon … *er* wird sich ihrer annehmen!", beschließt Boris und lacht heimtückisch.

Kapitel 1
30 Jahre später

Ich für meinen Teil glaube, dass man von einem Ort eine viel bessere Vorstellung gewinnt, wenn man nicht bloß von ihm selbst berichtet, sondern ihn durch die Umgebung Form annehmen lässt. So wachsen nördlich von Calabra prächtige Wälder, die Credo-Wälder, an deren östlichen Grenzen in der Nähe des Flusses Lenuel die Stadt Ny-Azh-Naduur liegt. Südlich von Calabra tobt das rastlose Westmeer, hinter dem sich, nach vielen Dutzend Meilen erst, das gebirgige Festland fortsetzt. Calabra selbst liegt an einer äußerst engen Meerpassage, auch *der Pass von Calabra* genannt, dem bereits viele Handelsschiffe zum Opfer fielen. Um über die See nach Calabra zu gelangen, benötigt man eine mehr als fähige Mannschaft und detaillierte Karten, insbesondere aufgrund des gigantischen Strudels, dessen Strömung bereits an der Küste im knietiefen Wasser spürbar wird. Somit ist es ratsam, die Passage zu meiden. Außerdem liegt Calabra recht abgelegen im Nord-Westen Rakomirs und der Weg über Land ist gefährlich.

Früher war Calabra eine Stadt, die vom Handel mit anderen Städten lebte, auch wenn das schwer zu glauben ist. Das war vor dem Erscheinen des Strudels und auch vor dem Erdbeben, das Netrak teilte ... Wie lange diese Zeit bereits zurückliegt! Wegelagerer, die für wenige Silberstücke auch schon mal das Messer zücken, sind seit einigen Jahren keine Seltenheit mehr. Daran ist Calabra verkommen und zu einer Stadt voll

zwielichtiger Gestalten geworden. Alleine der Orden der magischen Octa residiert unbeirrt weiter in der Stadt und hält diese am Leben. Dieser Orden setzt sich zusammen aus mehreren Magiern. Acht von ihnen bilden den inneren Zirkel, die Magier ersten Ranges. Ein jeder der Magier ersten Ranges besitzt eine andere Ausprägung der Magie und hat diese studiert. Jedoch sind die meisten Mitglieder derzeit noch sehr jung und unerfahren und der Orden ist klein.

Die untergehende Sonne scheint durch das große, runde und bunt verzierte Fenster des Ordensgebäudes. Sie lässt den Saal, in dem sich die acht Ordensmitglieder des inneren Zirkels an einem großen runden Tisch versammelt haben, in vielen bunten Flecken erstrahlen. Die Tafel ist aus massiver Eiche und mit acht Kelchen gedeckt, die in gleichen Abständen auf dieser stehen. In der Mitte ragen drei mächtige Kerzen, die unterschiedlich weit heruntergebrannt sind, in die Höhe.
Der Mann, der in der Leere sitzt, legt seine flache rechte Hand auf seine linke Brust. Die anderen tun es ihm nach. „Hiermit erkläre ich die Zweitausend-dreihundertsechsundfünfzigste Ratssitzung des Ordens der magischen Octa für eröffnet", sagt er und nimmt die Hand wieder herunter. Erneut folgen die anderen seinem Beispiel. Der Name dieses Magiers ist Richard Cliff. Er ist der Kopf der Octamagier. Die hellgrauen Augen wirken etwas leblos, sein weißes Haar leuchtet hingegen geradezu. Es sitzt zerzaust auf einem kantigen, aber gutaussehenden Gesicht. Seine durchaus absonderliches Aussehen rührt von den starken astralen Kräften her. Unter einem langen Rauledermantel mit vielen Taschen trägt er einen breiten Ledergürtel, an

dem ein Langschwert aus Kristall in einer Scheide an seiner linken Hüfte ruht. Eine der zwanzig legendären Waffen.

„Weswegen genau haben wir uns heute hier versammelt?", fragt Ariagon Carduin. Er sitzt auf einem Stuhl aus kantig geschlagenem Marmorgestein. Seine braunen Haare sind schulterlang geschnitten und einige Strähnen hängen vor seinem Gesicht, die er ab und an mit der Hand aus diesem wegzuwischen pflegt. Man muss dazu sagen, dass er riesige Hände hat, Pranken im Grunde. Ariagon ist nicht bloß groß, sondern auch sehr gut gebaut. Er trägt eine Rüstung, etwas eingedellt und nicht großartig verziert.

„Es geht um eine alte Legende, nein, es ist vielmehr eine Erzählung, der kaum Glauben zu schenken war. Neulich jedoch kam ein Bote aus Ny-Azh-Naduur. Er ist zwei Tage und zwei Nächte fast pausenlos geritten und hat sein Pferd an den Rand des Todes geführt, um uns die Nachricht zu überbringen", antwortet Richard Cliff.

„Wie lautet sie?", fragt El Artren, der auf einem Thron aus leuchtendem Kristall sitzt. Er ist ein Halbalb vom Volke der Lichtalben. Ein Volk, das im Nordosten des Landes Rakomirs haust, versteckt in den Wäldern und vor der Welt. Seine Haare sind lang und blond. Er trägt einen weißen Mantel, der von goldgelben, geschwungenen Streifen durchzogen ist.

Der Magier, der in einem Stuhl aus Zweigen und Lianen sitzt, erhebt sich.

„Arnt?", fragt El Artren den Magier, der sich gerade erhoben hat. Der ganze Name ist Arnt Cliff. Braunes, kräftiges Haar fällt in Locken über seine Schultern und grüne Augen lächeln in die Runde. Wie sein Bruder

Richard trägt er einen langen Rauledermantel mit vielen Taschen. Auch er besitzt eine der sagenumwobenen legendären Waffen, den knöchernen Kampfstab.

„Die Erzählungen haben sich als Wahrheit entpuppt. Es existiert … das schwarze Haus", eröffnet ihnen Arnt Cliff und stützt sich mit beiden Händen auf der Tischkante ab.

Die Ordensmitglieder schweigen. Sie hatten es insgeheim gewusst, ansonsten gäbe es in der verbotenen Abteilung ihrer Bibliothek keine Aufzeichnungen darüber.

„Es ist ein Haus des Grauens", sagt Arnt.

„Ein Haus des Verderbens", ergänzt El Artren.

„Das schwarze Haus …", fügt Ariagon Carduin hinzu.

„Das Haus der Hölle", vollendet Richard.

„Woher wissen wir, dass die Informationen vertrauenswürdig sind?", merkt Rebecka Faris an. Sie sitzt in Flammen. Im wahrsten Sinne des Wortes: Ihr Stuhl brennt! Ihre langen, roten Haare reichen ihr bis zur Hüfte und feuerrote Augen scheinen einen alleine mit dem Blick verbrennen zu können. Auch hier erklärt die starke Magie in den Adern der Familie Faris das Rot in ihren Augen. Über die Nase und Wangenknochen verteilt sind ein paar klitzekleine Sommersprossen zu erkennen. Unter ihren Haaren trägt sie ein rot-orangenes Stirnband. Die rot-orange-braun gefärbte Tunika ist mit Fuchsfell gefüttert, ein sehr seltenes und teures Gewand, das für Reisen gut geeignet ist und ebenso eine erstaunliche Bewegungsfreiheit im Kampf gewährleistet.

„Der Brief, den der Bote überbracht hat, trug das Siegel der Stadt Ny-Azh-Naduur", antwortet Richard.

„Erreichte er uns ungeöffnet?", fragt Rebecka. Richard

nickt.

„Können wir den Brief sehen?", fragt Adria Baldar. Ihr Stuhl besteht aus Wasser. Fragt mich nicht, wie man darauf sitzen kann. Adria trägt einen blaugrauen langen Mantel. Ihre Haare sind blond und reichen ihr bis zu den Ellbogen. Sie hat helle, seidenweiche Haut. Ihre Augen schimmern hellblau.

Richard verlässt kurz den Raum durch ein Holztor, das vermutlich in sein Arbeitszimmer führt. Als er zurückkommt, hält er einen beigefarbenen Umschlag mit einem roten, gebrochenen Siegel in Händen.

„Ich habe ihn vor einer Woche erhalten", sagt Richard, „dies ist der Grund, weshalb ich euch allen eine Gedankenbotschaft zukommen ließ: Um zu besprechen, was unser nächster Schritt sein wird."

Richard reicht Rebecka den Brief. Sie faltet ihn auseinander und liest.

„Es erschien ein Haus … mitten auf dem Weg, nahe der Minen …", murmelt sie beim Lesen. Dann hält sie kurz inne. „Hört euch das mal bitte an: ein Haus aus schwarzem Holz. Die Fenster und Türen gehen von selber auf und zu und manchmal sieht man … Dinge durch die Luft fliegen? Mir sagt das irgendwie nicht zu."

„Das muss es sein. Nur der Teil mit den Minen gefällt mir nicht", befindet Darvon Dorian. Er fliegt/ hockt im Schneidersitz auf einem Windzug, wie man es eben nennen will. Er trägt ein weißes Hemd und hat einen wohlgenährten Bauch. Dieser Umstand und der, dass er durchaus behaart ist, bloß eben nicht am Kopf, lassen ihn deutlich älter erscheinen, als er eigentlich ist.

„Es ist *das* Haus, keine Frage. Alle Indizien deuten darauf hin", sagt Rebecka und stützt ihr Kinn auf dem Handballen ab. „Außerdem scheint einiges mit den

Schriftrollen der Bibliothek übereinzustimmen. Der Punkt mit den Minen bereitet mir jedoch auch Sorgen. Keiner, der bei klarem Verstand ist, würde sich dort hinwagen."

„Aber in das Haus schon? Wir dürfen nicht länger warten, ansonsten wechselt das Haus den Ort. Außerdem werden sich die Trolle und Orks aus den Minen auch nicht nah an das Haus heranwagen. Keine Ahnung, was es da noch zu besprechen gibt. Los geht's!", verkündet Erea feurig. Sie war bis jetzt still, hat zugehört und sich unterdes die Nägel schwarz lackiert. Ihr schwarzer Umhang scheint mit der violettschwarzen Aura des Throns, in dem sie sitzt, zu verschmelzen. Sie trägt hohe schwarze Lederstiefel. Schwarze, glatte Haare reichen ihr bis zu den Schultern.

„Ich vermute auch, dass die Orks und die Trolle das geringere Problem darstellen. Wenn wir uns nicht beeilen, geschieht es, wie es in den Schriftrollen der Bibliothek steht", erklärt Darvon Dorian. „Das Haus erscheint und verschwindet nach Belieben."

„Ich bin Ereas und Darvons Meinung, wir sollten keine Zeit verlieren!", stimmt Arnt zu. Doch manche schauen weniger begeistert drein.

„Ich möchte euch nur nochmal daran erinnern, wovon wir hier reden. Es ist das Haus der Hölle. Niemand, der dort hinein ging, kam je lebendig wieder raus. Ausgenommen weniger Erzmagier oder Paladine des abtrünnigen Zeitalters!", merkt Ariagon Carduin an.

„Vielleicht sollten wir unsere Zeit dem eigentlichen Kampf gegen die Ritter des dunklen Bundes widmen und keinen Fantasien hinterherjagen an einem Ort, aus dem wir höchstwahrscheinlich nicht mehr lebend rauskommen!"

„Fantasien?", wiederholt Arnt Cliff und schüttelt den Kopf. „Unser Orden besitzt drei der wenigen legendären Artefakte, deren Aufenthalt noch bekannt ist. Es gibt zwanzig, von denen die meisten bereits seit mehreren Jahrhunderten als verschollen gelten. Jetzt rückt ein weiteres, vielleicht sogar mehrere in greifbare Nähe! Viele dieser Artefakte werden im Haus der Hölle vermutet. Wir müssen die Gelegenheit doch ergreifen!"

„Ich bewundere deine Tapferkeit Bruder, aber Ariagons Bedenken sind nicht unbegründet. Wir könnten Glück haben und es mit unseren legendären Waffen alle unbeschadet hinausschaffen. Wir könnten aber genauso gut alle sterben. Wie nah diese Möglichkeiten beieinander liegen, ist beängstigend."

„Wir sollten es uns wenigstens ansehen. Ich muss sowieso etwas abspecken", überlegt Darvon laut, lacht und massiert sich seinen Bauch. Dann hält er inne.

„Ich bin für eine Abstimmung", befindet er.

„Gut", sagt Richard, „wer ist dafür zu gehen?"

Arnt, Darvon und Erea heben die Hände. Rebecka zögert, zeigt dann jedoch auch auf.

„Und wer ist dagegen?", fragt Richard.

El Artren, Ariagon und Adria melden sich.

„Dann steht unser Entschluss …"

„Moment", sagt El Artren zu Richard, „was ist mit dir? Deine Stimme zählt doppelt."

Richard blickt ratlos und in Gedanken versunken in die Tiefen seines Kelches.

„Die Artefakte und Waffen, die wir dort bekommen könnten, wären von unschätzbarem Wert für den Widerstand." Er klopft rhythmisch mit den Fingerspitzen auf der Tafel.

„Genau", sagt Erea Haruki und blickt ernst über den Tisch in Richards Richtung.

„Jedoch bin ich der Ordensführer und als solcher muss ich die Entscheidung treffen, die für mein Volk am besten ist. Das schließt euch mit ein."

„Richard, sei kein Narr!", fällt ihm Arnt in die Rede, „wir riskieren und riskierten oft unser Leben in jedem Kampf, den wir kämpften, in jeder Schlacht, die wir schlugen. Wir alle haben bereits viele Gegner bezwungen und dennoch stehen wir hier vor dir. Als Anführer muss man auch Risiken eingehen und ab und zu etwas opfern für das Wohl der höheren Sache."

El Artren entgegnet: „Es wäre dumm, dort hineinzugehen und unsere besten Magier mit ihren legendären Waffen zu verlieren."

„Ja, wenn man stirbt, aber keiner von uns wird sterben. Wir finden das Haus, suchen ein Monster, das eine legendäre Waffe hinterlässt, und gehen durch das Portal einfach wieder hinaus", argumentiert Arnt und verschränkt die Arme.

„Einfach? Sei nicht töricht, nichts daran ist einfach! Woher willst du wissen, dass ...", setzt Ariagon an, wird jedoch von Richard unterbrochen, der sich erhebt.

„Gebt mir bis morgen Zeit. Ich teile euch dann meinen Entschluss mit. Falls ich zustimme, brechen wir noch am selben Morgen auf. Packt zur Sicherheit schon mal eure Sachen", sagt er.

„Richard ...", setzt Ariagon an.

Dieser hebt jedoch seine rechte Hand und legt sie auf seine linke Brust. Die anderen tun es ihm nach.

„Hiermit beende ich die Ratssitzung des Ordens."

Er blickt einmal in die Runde und stellt bedauernd fest, dass sich unterschiedliche Reaktionen in den Gesichtern seiner Kameraden abzeichnen. Er will seinen Stuhl beiseiteschieben, entsinnt sich dann, dass er in der Leere saß, und geht in das Zimmer, in dem er vorhin verschwand, um den Brief zu holen. Die anderen bleiben noch eine Zeit lang an der Tafel sitzen.

„Oh man", stöhnt Richard zu sich selbst, als er die Türe seines Arbeitszimmers hinter sich geschlossen hat. „Nie sind sie einer Meinung ..."

Er setzt sich an seinen Schreibtisch, auf dem allerhand Schriftrollen, Tintenfässer und Wachsflecken vorzufinden sind.

„Und wieder liegt die Entscheidung bei mir."

Kapitel 2

Während unsere Gruppe von Magiern sich im Ordensgebäude Calabras bespricht, befindet sich der Adel in Ny-Azh-Naduur, nordöstlich von Calabra, in hellster Aufregung.

Der Thronsaal wird von vielen Fackeln erleuchtet. Auf einer Estrade steht der Thron, hinter dem große blaue Banner mit dem Wappen der Stadt, ein Burgturm mit einem Horn und einem Schwert davor, an der Wand hängen.

„Wieso wurde ich erst so spät davon in Kenntnis gesetzt?", tobt Fürst Sarios. „Mir hätte man sofort Bescheid geben müssen! Doch stattdessen berichtest du mir acht Tage später, dass du einen Boten zu dem Orden der Octa geschickt hast? Sprich, wie rechtfertigst du dich, Älos?"

Ein älterer Mann mit einem langen weißen Bart und ebenso langen und weißen Haaren auf dem Kopf räuspert sich. Er trägt einen braunen Umhang und stützt sich auf einen knorrigen Ast.

„Ich hielt es nicht für falsch, Euch Bescheid zu geben, Eure Hoheit. Jedoch hielt ich es für richtig, den Orden ebenfalls zu informieren. Immerhin gehören wir demselben Widerstand an", erklärt Älos.

„Wir gehören demselben Widerstand an, das heißt nicht, dass wir freiwillig zusammen kämpfen! Wir haben dieselben Feinde, mehr nicht. Außerdem bist du meiner Frage ausgewichen, wieso hast du mir so etwas verheimlicht?"

„Ich … nun, ähm … ich wollte überdenken, wie und wann ich es Euch mitteile, da Ihr doch momentan mit allerlei Dingen beschäftigt seid. Ich dachte, ich übernehme einen Teil der Last, die auf euren Schultern liegt, damit Eure Hoheit sich auf das Wesentliche und Relevante konzentrieren kann!", antwortet Älos.

„Du warst mir immer ein guter Berater, Älos. In letzter Zeit hast du mich jedoch enttäuscht. Wir dürfen uns Gelegenheiten dieser Art nicht vom Orden der magischen Octa vor der Nase wegschnappen lassen. Ich will dich morgen in aller Frühe wieder hier sehen."

Sarios stützt sich mit den Ellbogen auf den Armlehnen des Throns ab und legt sein Kinn auf den Handrücken. Er betrachtet Älos mit zusammengezogenen Augenbrauen. „Geh nun bitte in dein Gemach."

„Wie Ihr befiehlt", reagiert Älos. Er dreht sich auf der Stelle und verlässt den Saal. Hinter ihm schließen zwei Wachen die Türen.

„Verflucht!", flüstert Älos und rennt los, sobald er in den nächsten Flur abgebogen ist. Er hüpft eine steinerne Wendeltreppe hinunter. Mondlicht scheint durch die hohen Fenster des Treppenhauses und verwandelt die kahlen grauen Stufen in weißen Marmor. Am Ende der Treppe angekommen läuft er nach rechts in einen schmalen Seitengang, an dessen Ende sich eine kunstvoll geschnitzte Holztür befindet.

„Will! Will, bist du da?"

Älos schließt, nachdem er eingetreten ist, hinter sich die Tür und entzündet eine Kerze. Das Zimmer ist klein. Durch das halboffene Kippfenster dringt das leise *Schuhuu* einer Eule.

„Was gibt's? Ich habe gerade noch geschlafen, Meister!", antwortet Will Gray. Er ist durchschnittlich bis muskulös gebaut. Seine Haare sind kastanienbraun und kurz geschnitten.

„Pack deine Sachen, wir müssen sofort verschwinden!", befiehlt Meister Älos.

„Was? Wohin denn bitte verschwinden, es ist mitten in der Nacht!"

„Keine Zeit, um es zu erklären. Mach, was ich sage."

„Keine Zeit, um es zu erklären … Ist ja gut, ich packe schon. Dann erklärt Ihr mir aber währenddessen, was los ist."

Meister Älos holt einen Reisesack unter dem Bett hervor. Hastig reißt er die Türen mehrerer Schränke auf und kramt in Schubladen und Fächern. Anschließend wirft er mehrere Dinge durchs Zimmer: Hemden, Hosen, Decken, Seife, Zunderschwamm, Runensteine, Amulette … Alles findet seinen Weg in den Reisesack, unterstützt durch einen Windzauber, den Älos in seinen weißen Bart flüstert. Will packt auch, faltet seine Hemden aber sorgfältig, bevor er sie in seinen Rucksack legt.

„Jetzt beeil dich schon!", fordert Älos.

„Ich mach ja, ich mach ja. Die Sachen wären bestimmt schneller gepackt, wenn man mir eine Geschichte erzählte …"

Will grinst verschmitzt und zuckt mit den Schultern.

„Ist ja gut … Sarios hat Wind bekommen."

„Vom schwarzen Haus? Oder von der Nachricht, die der Reiter überbrachte?"

„Von beidem", antwortet Älos.

„*Oou* … das ist nicht so gut."

„Ja, das weiß ich auch. Er will mich morgen früh sehen und es macht den Eindruck, als wenn das die letzte Nacht wäre, die ich in meinem Gemach und nicht hinter Gittern verbringe. Wir wissen beide, dass der Fürst dem Bündnis mit Calabra und Zesna nur zugestimmt hat, weil der Feind für den Moment unser beider ist. Und wir wissen, dass der Fürst nichts dagegen hätte, den Magiern von Calabra eins auszuwischen. Ich informierte die acht Magier ersten Ranges. Ich als Magier der Octa zweiten Ranges und du als mein Lehrling, Will ... oh wei. Ich wusste, dass das nicht lange gut gehen würde, wenn wir hier im Schloss bleiben!"

„Meister, glaubt Ihr wirklich, dass Fürst Sarios Euch einsperren würde?"

„Wenn nicht sogar Schlimmeres! Ich fürchte, in seinen Augen bin ich bereits ein Verräter. Bei Wizzle, hoffen wir, dass er nicht schon längst weiß, dass wir beide auch Octamagier sind! Vermutlich ist das der einzige Grund, aus dem wir noch nicht im Kerker sitzen: Er will, dass wir uns durch unser Handeln verraten ... Und nun hurtig!"

Älos schnürt seinen Reisesack zu. Anschließend geht er zur Wand, an der sein Bett steht, und hängt dort ein Gemälde ab. Hinter dem Bild ist ein Loch in der Wand. Er lässt seine Hand über die Öffnung gleiten und ein schwarzer Ring erscheint, der sich mehrere Male um sich selbst windet. Ein schwarzweißer Edelstein ist in ihn eingearbeitet. Älos nimmt den Ring heraus und zieht ihn sich über seinen rechten Ringfinger. Will wirft sich nun auch abreisefertig den Rucksack über und kommt näher.

„Was ist das?", fragt er den Meister.

„Das ist ..."

„Moment, zuallererst, was macht das Loch da in der Wand? Ich komme für nichts auf!", stellt Will klar.

„Nein, nein. Ich habe das Loch gemacht, um den Ring zu verstecken. Der Ring ... Mein Meister gab ihn mir vor langer Zeit als er starb. Doch ich habe jetzt keine Zeit, die Geschichte zu erzählen. Man nennt ihn den Ring der Zerstörung. Die legendäre Waffe Nummer dreizehn."

„Wie bitte? Meister, Ihr steckt wirklich voller Überraschungen! Eine legendäre Waffe …", staunt Will.

„Vergiss nicht, pack das Lehrbuch der Zaubersprüche ein", sagt Älos.

„Welches denn?"

„Na das für Windmagie! Du bist Windmagier, du Nase!"

Will setzt seinen Rucksack wieder ab und greift das besagte Buch aus dem Regal, das links neben der Türe in die Wand eingelassen ist, (obwohl er weiß, dass Älos *nie* mit dem Lehrbuch unterrichtet). Anschließend quetscht er das Buch zwischen seine Hemden, zieht sich Lederjacke und Lederhandschuhe an und wirft sich den Rucksack wieder über. Zu guter Letzt befestigt er sein Schwert am Gürtel.

„Es gibt nicht mehr viele Magier in Rakomir. Wir gehen nach Westen, Richtung Calabra. Sonst sind wir nirgendwo sicher. Dort verbünden wir uns mit den anderen. Ich habe uns in einem beigelegten zweiten Brief bereits angekündigt. Ich bat Richard darum, die anderen nicht darüber in Kenntnis zu setzen. Sie würden nicht wollen, dass weitere Magier des Ordens in Lebensgefahr gerieten", fährt Älos fort.

„Verstehe", antwortet Will.

Er pustet die Kerzen im Zimmer aus und sie treten hinaus auf den Flur.

„Moment mal, was soll das heißen? Auch in Lebensgefahr? Heißt das, dass Ihr auch vorhabt, ins Haus der Hölle zu gehen, Meister?", fragt Will.

„Wir", erwidert Älos.

„Vergesst es, das passiert nur über meine Leiche!"

„Wir müssen leise sein, wenn wir nicht auffallen

wollen!"

„Weicht Ihr gerade meiner Frage aus?", hakt Will nach.

Älos schleicht auf Zehenspitzen vor.

„Wir bereden den Rest, wenn wir hier raus sind", flüstert der Windmagiermeister.

„Typisch", entgegnet Will und verdreht die Augen. Jeder Schritt, den sie machen, das Rascheln ihrer Klamotten, ja sogar das Rappeln in ihren Reisesäcken hallt in den Fluren des Schlosses unendlich wider. Älos und Will wählen daher kleine und wenig genutzte Gänge, um zu einer Wendeltreppe zu gelangen, die sie weiter hinunterführt. Unten angekommen, finden sie sich im Empfangssaal wieder. Auf der gegenüberliegenden Seite gewährt das Burgtor eine weite Sicht auf ausgedehnte Wälder. Sie verstecken sich hinter einer Mauer und lugen an ihr vorbei.

„Das Tor steht offen. Draußen stehen zwei Wachen", flüstert Älos.

„Da fällt mir gerade etwas ein, Meister. Weshalb schleichen wir? Wir kennen hier doch alle und auch anders herum. Wir könnten doch einfach sagen, dass wir auf der Suche nach Kräutern sind oder so …", merkt Will an.

„Will?"

„Ja?"

„Hast du vielleicht mal darüber nachgedacht, dass der Fürst an eine Flucht denken könnte und seine Untergebenen informiert hat, damit wir nicht Leine ziehen?"

Kurz rattern die Zahnräder, bis Will versteht.

„Richtig. Was machen wir also wegen der Wachen?"

„Daraus könnten wir doch eine Lehrstunde machen!", sagt Älos und freut sich über diesen genialen Einfall.

„Ich sollte das lieber lassen in so einer ernsten

Situation."

Älos schüttelt den Kopf und entgegnet: „Magie wird meistens in ernsten Situationen angewandt. Also, Lektion eins in der Praxis: Kämpfe nicht, wenn du nicht kämpfen musst. Siehst du die kitschige Vase dort drüben im Korridor, der rechts zum Heiler mit den Zwiebelhänden führt?"

„Ja, soll ich sie von hier aus umwerfen?"

„Genau, versuch es mal. Wenn sie umfällt und zerbricht, werden die Wachen kommen. Wenn sie dann im Flur um die Ecke verschwinden, um nachzusehen, rennen wir hinaus und sind schon über alle Berge. Also los!"

Will schließt die Augen und hebt die rechte Hand in Richtung Vase. Er legt die Stirn in Falten und beißt die Zähne zusammen. Seine Hand zittert.

Fehu Ansuz Laguz Laguz", spricht er leise. Ein schneidender Wind zieht pfeifend durch den Raum, wirft die Vase vom Podest und lässt sie mit einem lauten Knall in viele Teile zersplittern.

„Prima, Will!", flüstert Älos. Er klopft seinem Lehrling auf die Schulter. Wie geplant kommen zwei Wachen herangeeilt und verschwinden im Flur, um nachzusehen.

„Jetzt, das ist unsere Gelegenheit!", sagt Älos. Sie laufen durch den Saal ins Freie. Will ist erstaunt. „Das ging leichter als …"

„Hast du das gehört?", spricht eine Stimme im Saal hinter ihnen.

„Du musstest ja unbedingt was sagen!", entgegnet Älos und wirft einen Blick zurück. Die Wachen kommen aus dem Saal durch das Tor gerannt und sehen Älos und Will fortlaufen.

„Wir haben Bögen. Stehen bleiben oder wir schießen!",

ruft eine der Wachen.

„Mist!", flucht Will. Er und Älos werden langsamer und bleiben schließlich stehen.

„Brak, Lars, ich kenne euch doch! Ihr würdet uns niemals erschießen!", ruft Will.

„Es tut uns leid, Will. Wir haben Befehle", antwortet Brak.

„Dann tut es uns auch leid", entgegnet Älos.

Er streckt seine rechte Faust nach vorne, an der sich der Ring der Zerstörung befindet. Mit einem Mal erleuchtet der schwarzweiße Halbedelstein, sodass man kaum hinsehen kann.

„*Raidho Ehwaz ...*", beginnt Älos. Man sieht nur noch das Weiße in seinen Augen.

„Älos!", ruft Lars drohend.

„*Uruz Ehwaz!*", brüllt Älos. Der Ring entfesselt einen blauen Kreis, der in Richtung der beiden Schützen zieht. Brak und Lars senken augenblicklich, vom blauen Lichtkreis getroffen, ihre Waffen und fallen auf die Knie. Bestürzt starren sie in die Luft und fangen ganz langsam, kleinen Kindern nicht ganz unähnlich, an zu weinen.

„Was haben die denn?", wundert sich Will an Meister Älos gewandt.

„Ich habe sie verlassen ...", winselt Brak. Er wischt sich mit seinem Handrücken die Tränen von den Wangen.

„Ich habe ihn getötet ...", flüstert Lars. Er hebt seine Hände und sieht sie eine ganze Zeit lang an, entsetzt, wozu sie fähig sind.

„Der Ring zwingt seine Opfer, alle Dinge, die man bereut, im Leben getan zu haben, erneut zu durchleben. Und das in kürzester Zeit", erklärt Älos. „Schwächere Menschen sterben an der emotionalen Tragweite dieser

Erfahrung. Diese beiden werden überleben. Wir müssen weg hier, bald wird man merken, dass etwas nicht stimmt", antwortet Älos, stürzt jedoch beim ersten Schritt.

„Meister, was ist los?", fragt Will. Er hilft Älos hoch. „Was ist passiert?"

Älos schaut ihn mit müden Augen an.

„Manche Waffe fordert ihren Tribut", sagt er, „und mein Körper ist älter, als du dir vorstellen kannst."

„Könnt Ihr laufen?"

„Ja, das wird gehen. Ich muss nur aufpassen, dass ich den Ring nicht zu oft benutze."

Will wirft noch einen Blick zurück auf Brak und Lars und sieht, wie sie ohnmächtig zusammenbrechen. Er zwingt sich wegzublicken.

„Dann los!", sagt Älos und die beiden lassen Ny-Azh-Naduur hinter sich.

Kapitel 3

Es ist der Morgen des nächsten Tages. Die acht Ordensmagier ersten Ranges stehen in einer Reihe vor dem Haupteingang der Octa. Sie haben sich Rucksäcke übergeworfen. Unter anderem finden Kleidung, Medizin und Proviant Platz darin. Die Sonne geht gerade auf und wirft lange Schatten. Der Nebel, der heute durch die Straßen und verworrenen Winkel der uralten Stadt schleicht, verweilt in den schattigen Gassen, nahe des kühlen Pflastergesteins.

Nachtgestalten wie Kopfgeldjäger huschen durch den Nebeldunst und flüchten vor der erquickenden Wirkung wonniger Sonnenstrahlen.

„Ich habe meine Entscheidung getroffen", erklärt Richard. „Wir werden gehen. Jedoch will ich keinen dazu zwingen. Die Last will und werde ich nicht tragen. Es steht also einem jeden von euch frei, hier zu bleiben."

Er schaut die Reihe entlang, doch keiner bewegt sich vom Platz.

„Hatten wir über Nacht einen Sinneswandel?", fragt er.

„El Artren, Adria und ich haben uns gestern überzeugen lassen, dass es nicht falsch wäre, sich das Haus zumindest anzusehen. Ob wir mit hineinkommen, entscheiden wir vor Ort", erklärt Ariagon.

„Gut, dann jetzt zu den wesentlichen Punkten. Das Haus befindet sich am Hauptweg von Grufnor, etwas südlich der Minen im Verisgebirge. An der Kreuzung, die links Richtung Westen nach Ny-Azh-Naduur führt, stoßen wir auf Älos und seinen Lehrling Will. Sie führen uns zum genauen Standpunkt des Hauses."

„Richard, du hast uns nichts davon gesagt, dass Will mitkommt", merkt Adria an. El Artren und Ariagon schauen Richard leicht vorwurfsvoll an.

„Wir haben nicht viel Nachwuchs, Richard. Es wäre Wahnsinn, den Jungen mit ins Haus zu nehmen", gibt Ariagon zu bedenken.

„Will und Älos führen uns dorthin. Ob sie mit uns das Haus betreten, bleibt ihnen überlassen. Außerdem sind die beiden ein Duo. Man weiß nie, was die Irren im Schilde führen."

Adria schaut verärgert auf ihre Füße. „Du hättest uns vorher Bescheid sagen sollen."

„Älos hat mich darum gebeten, nichts zu sagen. Ich hielt es aber für das Beste, euch dennoch zu informieren, bevor wir aufbrechen."

„Wieso nehmen wir keine Pferde?", meldet sich Darvon zu Wort. „Ich bin sportlich nicht so aktiv, wie es vielleicht den Anschein macht."

Er lächelt, greift seinen Wanst und schüttelt ihn hin und her.

„Weil die Octa keine Pferde besitzt und selbst wenn, Älos meinte, er würde mit einem Fortbewegungsmittel erscheinen."

„Hoffen wir, dass Meister Älos darunter kein Maultier

und 'ne Kutsche versteht …", grummelt Darvon.

„Also dann, auf geht's!", sagt Richard und geht voraus. Der Rest der Truppe folgt ihm.

Die versifften Nebenstraßen Calabras stinken nach Fäkalien und gammeligem Essen. Bald darauf durchschreiten sie das Stadttor und biegen auf den Hauptweg ab, einen der alten nymerischen Pfade. Kaum, dass sie einige Minuten Richtung Osten gewandert sind, weht ihnen frische, kühle Luft von Norden her entgegen, begleitet vom fernen Rauschen der Credo-Wälder. Die Stille, die sich während der Wanderung über sie gelegt hat, wird von Adria durchbrochen: „Richard?"

„Was gibt's?"

„Ich habe einmal gesehen, dass du mit der Magie der Leere ein Portal erschaffen hast."

„Und weiter?"

Adria blickt zu Boden und lächelt verlegen.

„Kannst du uns nicht ein Portal zum schwarzen Haus oder zumindest eines in der Nähe öffnen?"

„Ja, das müsste ich können", sagt Richard. „Ein Magier der Leere bleibt im Falle eines Portalsprungs unbeschadet. Jedoch, wenn ein anderer durch solch ein Portal springt, der keine Leeremagie beherrscht, kann es passieren, dass diese Person ohne eine Erinnerung an irgendwas, als Pantoffel, Schreibtisch, Auflauf oder sonst was auf der anderen Seite erscheint", erklärt Richard. „Und da keiner von euch eine Affinität zur Leere hat …"

„Verstehe, also nicht so ratsam."

„Richtig."

Dann gesellt Adria sich zu Arnt, der hinter Richard läuft.

„Wusstest du das etwa nicht?", zieht Arnt sie auf.

„Jetzt tu nicht so", erwidert sie trotzig. „*Du* wusstest nicht, dass man Kugelmundelpastete auch zur Gesichtsreinigung nutzen kann!"

Arnt muss lachen, als er an den Abend zurückdenkt. Sie hatten alle viel getrunken und Adria erzählte von Methoden der Hautreinigung, die selbst einen Ork angewidert hätten.

„Nein, das wusste ich tatsächlich nicht." Dann bleibt Arnt stehen. Seine Augen verengen sich und er legt die Stirn in Falten.

„Freunde, seht dort drüben!", ruft er und deutet in die Ferne. Die anderen richten ihre Blicke gen Nordosten. Von weitem sieht man Rauch hinter einem kleinen Wäldchen aufsteigen.

„Ein Feuer …", stellt Adria fest.

„Vielleicht ein Bauerndorf?", rätselt Arnt. „Ich wette mit euch, es waren unsere Feinde, die Ritter des dunklen Bundes!"

„Wir sollten keine voreiligen Schlüsse ziehen", sagt Ariagon.

„Lasst uns nachsehen", beschließt Richard und sie begeben sich auf einen Wildwechsel, der durch das hohe Gras der Auen führt. Bald schon endet die Graslandschaft und ein kleiner, alter Forst hüllt sie in Schatten. Die Magier durchqueren den Forst und schlagen sich durch Ilexsträucher und Farnbewuchs. Als das Wäldchen sich lichtet, erblicken sie einen brennenden Gutshof.

„Seht, dort drüben!", sagt Erea. Arnt behält Recht: Von weitem sieht man fünf Ritter in schwarzer Rüstung im Wald verschwinden.

„Die holen wir uns!", sagt Arnt und will schon loslaufen, um sie zu verfolgen. Doch Richard hält ihn zurück.

„Wir wollen uns bald mit Älos und Will an der Kreuzung treffen. Wir haben nicht die Zeit, uns mit solchen Dingen aufzuhalten. Kloppen werden wir uns ohnehin genug. Wir sollten erst das Feuer löschen und die Bewohner finden."

Richard nickt Adria zu. Sie spricht daraufhin eine Formel: *„Laguz Othala Ehwaz Sowilo…"*

In fließenden Bewegungen gleiten Adrias Hände durch die Luft. Das Wasser in den umliegenden Pfützen kommt herbeigeflogen und fließt in einem Wasserball zusammen, der nun vor Adria in der Luft schwebt. Als er groß genug ist, fährt sie fort:

„… Kenaz Hagalaz Ehwaz Naudhiz"

Dann streckt sie impulsiv die Arme nach vorne und der Wasserball teilt sich wieder in mehrere Ströme auf, die sich ihren Weg zu allen noch brennenden Stellen bahnen. Von überall her zischt es, als das Wasser auf die verkohlten Balken trifft. Dampfschwaden bilden sich und ziehen in den Forst.

„Danke, das hast du gut gemacht", lobt Richard Adria. Die acht Octamagier nähern sich den verkohlten Überresten des Hauses. Es lässt sich neben Schutt auch einiges an verbrannter Kleidung finden. Möbel, Schränke, Bücher, Spielzeug … Weiter rechts sieht man in einiger Entfernung, wie die Felder des Bauern brennen.

Richards Gedanken drehen sich in diesem Augenblick nur um die schreckliche Vorstellung, die verbrannten Leichen der Bauernfamilie vorzufinden.

„Ich frage mich, warum", sagt Ariagon, der links neben Richard auf dem Kohle- und Schuttberg wandert.

„Es waren fünf Ritter. Das ist mehr als feige gegen einen Bauern", stellt Richard fest.

„Das hat nichts mit Feigheit zu tun. Alleine Mord hatten sie im Kopf, egal, was es erfordert", entgegnet Ariagon. „Ich sehe keine Leichen."

Richard ist schon etwas vorgegangen und blickt in die Baumwipfel. Sein Mund steht halb offen.

„Ich meine, irgendwo müssen sie doch sein. Wir wollen sie begraben, nehme ich an?"

Richard reagiert nicht.

„Richard?"

„DIESE VERFLUCHTEN BASTARDE!", brüllt Richard. Nur mit Mühe schafft er es, die Tränen, die sich bei diesem Anblick in seinen Augen sammeln, nicht zu vergießen.

„Was gibt es denn?", möchte Ariagon wissen. Richard hebt seine Hand und rührt mit dem Finger in kreisenden Bewegungen durch die Luft.

„Perthro Othala Raidho Tiwaz Ansuz Laguz!", spricht er.

Anfangs wirkt es, als würden sich die Bäume verbiegen, doch dann erkennt Ariagon, dass Richard ein Portal öffnet.

„Wo willst du …?"

„Ich bring die Schweine um!" Richard hält seinen Kopf leicht gesenkt, sodass das weiße Haar seine Augen verdeckt. Dann zieht er sein Kristallschwert langsam aus der Scheide und springt durch das Portal, das sich kurz darauf schließt.

„Wo ist er hin?", fragt Rebecka, die angerannt gekommen ist, als sie das Portal gesehen hat. Ariagon reagiert nicht. Er blickt nun in die Richtung, in die Richard zuvor schaute.

„Wie er gesagt hat: Er bringt die Schweine um", sagt er.

Als Rebecka Ariagons Blick gefolgt ist, stolpert sie

einige Schritte zurück und hält sich eine Hand vor den Mund. An Stricken hängen die verbrannten Leichen einer dreiköpfigen Familie. Um den Nacken der kleinsten Leiche in der Mitte baumelt ein Schild: *Das geschieht mit Feinden des dunklen Bundes.*

„Hol sie darunter", bittet Ariagon und wendet seinen Blick ab. Seine Stimme zittert.

„… mach ich", sagt Rebecka. „*Kenaz Laguz Isa Ingwaz Ehwaz.*"

Rebecka zeichnet mit ihrem rechten Zeige- und Mittelfinger einen Strich durch die Luft. Ein Feuerschweif erscheint, der die Seile durchtrennt. Die Leichen fallen herunter, werden jedoch vor dem Aufprall langsamer und landen sanft. Ariagon und Rebecka drehen sich um. Hinter ihnen stehen Darvon und die anderen. Darvon hat mit seiner Windmagie den Sturz verlangsamt. Dann flüstert Ariagon ein paar Worte und drei große Löcher schaufeln sich von selbst direkt unter den schwebenden Leichen. Diese sinken langsam dort hinein und werden anschließend von Erde umschlossen. Arnt hebt seine beiden Hände über die Grabhügel: „*Raidho Isa Perthro.*"

Bunte Blumen erblühen über den Gräbern. An jedes Kopfende setzt Arnt eine Sonnenblume.

„Ruhet in Frieden", sagt er und legt seine rechte Hand auf seine linke Brust. Die anderen folgen seinem Beispiel. Sie schließen die Augen, schweigen eine kurze Zeit lang und gehen dann ab, ohne ein Wort zu sagen.

Sie laufen zurück durch den Forst, überqueren die Auen und gelangen schließlich wieder zum Weg, den sie gekommen sind. Dort warten sie am Wegesrand auf die Rückkehr ihres Ordensführers.

„Da kommt er", sagt El Artren und erhebt sich. In etwa fünfzig Metern Entfernung erscheint ein Portal. Die Magier kommen angelaufen und warten dann angespannt vor dem magischen Tor.

Zunächst schwebt es dort, ohne dass etwas passiert. Dann springt nach ein paar Sekunden ein blutender Mann daraus hervor und stürzt auf die staubige Straße.

Kapitel 4

„Richard!", ruft Rebecka, „wach auf!"
Doch Richard reagiert nicht auf Rebeckas Rufe.
„Mein Gott, was ist ihm bloß widerfahren?", überlegt
Darvon und kratzt sich grübelnd am Kinn.
„Er hat starke Blutungen!", stellt Ariagon fest und
drückt auf die breite Fleischwunde an seinem Arm.
„Er hat bestimmt zehn Jahre mehr auf dem Buckel,
Ariagon! Der Kratzer an seinem Arm ist da sein
geringstes Problem!", gibt Erea zu bedenken. Und
tatsächlich: Richard hat mehr Falten um die Augen
herum, auch seine Stirn zeugt von Jahren gesammelter
Weisheit.
„Sein Herz schlägt noch. Arnt, kannst du nicht etwas
tun? Du hast doch Erfahrung mit Wund- und
Heilpflanzen!", schlägt El Artren vor.
„Ich werde losgehen und Kräuter suchen."
„Älos kennt doch auch viele Sprüche", gibt Adria zu
bedenken. „Wir sollten Richard umgehend zu ihm
bringen, vielleicht weiß er Rat. Außerdem dürfen wir
nicht trödeln. Das Haus wartet nicht!"
„Wir müssen uns die Zeit jetzt nehmen", widerspricht
Arnt. „Wir wissen nicht, was mit Richard geschehen
ist. Wir sollten erst sichergehen, dass er in seinem
Zustand die Reise bis zu Älos übersteht. Außerdem
wird es bald Nacht. Morgen setzen wir unsere Reise bei
Sonnenaufgang fort."
Und damit ist es beschlossen. Arnt läuft in den Wald,
um nach Pflanzen und Pilzen zu suchen. Er durchstreift
die nähere Umgebung und findet das ein oder andere
Kraut. Als es dunkler wird, beschließt er, sich

allmählich wieder in Richtung des Nachtlagers aufzumachen.

„Das ist gut. Ich habe das Wichtigste", stellt er mit einem Blick auf die Kräuter, die er gesammelt hat, fest. Da erklingt das schaurige *Schuhu* einer Eule über ihm. Vor Schreck zuckt er zusammen.

„Nur eine Eule …"

Dann läuft er zurück zu den anderen Magiern. Die Truppe hat sich zur Nachtruhe einen gemütlichen Platz am Waldrand eingerichtet. Rebecka hat ein Feuer entzündet und die Magier haben sich ihre Betten mit Gestrüpp und Decken zurechtgemacht. Am Hauptweg treiben sich üblicherweise wenige Monster herum, somit sind sie vorerst sicher.

„Arnt, du bist wieder da! Hast du gefunden, was du gesucht hast?", fragt Ariagon.

„Im Großen und Ganzen … ich hatte Glück", sagt Arnt. Er erhitzt etwas Wasser über dem Feuer und wirft, begleitet von Zauberformeln, einige Kräuter in den Topf, bis sich eine dickflüssige, brodelnde Masse bildet. Dann zieht er einen langen Stofffetzen aus einer der Taschen seines Rauledermantels hervor, drückt den Fetzen mit einem Stock in die brodelnde Masse und verbindet damit dann Richards Wunde.

„Ich bin immer wieder erstaunt, Arnt", sagt El Artren, „als Lichtmagier beherrsche ich auch Heilkräfte, aber deine Naturmagie kann so ursprünglich sein."

„Jede Magie hat etwas für sich", befindet Arnt und starrt in die kochende Brühe. „Magie ist weder gut noch schlecht. Wir entscheiden, was wir damit anfangen. Doch ohne das nötige Wissen nützt dir die stärkste Magie nichts." Er blickt zu Richard und legt ihm eine Hand an die Stirn.

Die Nacht zieht still vorüber. Der Himmel bleibt wolkenlos. Bald schon erglüht der Osten und verkündet einen neuen Tag. Sie packen ihre Decken und Felle wieder zusammen, begleitet vom freundlichen Gezwitscher der Vögel, die die aufgehende Sonne begrüßen.

„Guten Morgen erstmal! Heute müssen wir schnell vorankommen! Dies betreffend, habe ich mir Gedanken zum Transport von Richard gemacht: Wie wäre es, wenn wir eine Trage bauen?", schlägt Darvon vor.

„Ich mach das", meldet sich Arnt und holt Äste vom Wegesrand. *„Tiwaz Raidho Ansuz Gebo Ehwaz!"*

Die Äste biegen und schlingen sich umeinander. Dann erkennt man ein Muster: Sie verflechten sich von selbst! Kurz darauf ist eine Trage entstanden. Die Zweige haben auch an Griffe gedacht.

„Wir wechseln uns ab", sagt Arnt. „Erea, Ariagon, wollt ihr den Anfang machen?"

Die beiden nicken und packen jeweils links und rechts an der Trage zu.

„Hält", bestätigt Ariagon, als sie Richard auf die Trage hieven.

„Dann lasst uns losgehen", beschließt Arnt. „Wir haben bereits Zeit verloren."

Bald schon ist der Weg mit Kies ausgeschüttet und das Knirschen unter ihren Sohlen verliert seinen feinen Reibelaut, wie er Sand oder Erde eigen ist. Der Credo-Wald zu ihrer Linken entfernt sich vom Hauptweg. Nun kann man weit über die flache Landschaft blicken, auf der kreuz und quer längliche Findlinge stehen, die ab und zu wie Finger aus dem hohen Gras hervorragen. Alte Runensteine, die böse Geister vertreiben und die Ernte schützen sollen. In mehreren Meilen Entfernung, in nordöstlicher Richtung, sucht sich der Fluss Lenuel seinen Weg durch die Landschaft. Ny-Azh-Naduur liegt mittlerweile in nordnordwestlicher Richtung. Bis zu der Kreuzung, an der sie auf Älos und Will treffen sollen, kann es nicht mehr weit sein.

„Wir sind bald da", sagt Arnt. Der Hauptweg geht nun vom Kies zu einer befestigten, mit Stein gepflasterten Straße über. Es sind nur noch wenige Meilen bis zur Kreuzung, da kommt ihnen ein Händler mit einem fetten, schwarzem Schnäuzer entgegen. Er trägt eine Kapuze, die den größten Teil seines Gesichts verdeckt. Er sitzt auf einer Kutsche, die von einem Maultier gezogen wird. Hinten hat er allerhand an Waffen und Kleidern in Kisten aufgeladen.

„Guten Tag, meine Herren! Darf ich Euch etwas anbieten?", fragt er, als die Magier sich ihm nähern. Er hält die Kutsche an.

„Danke, aber nein danke. Wir sind verabredet und bereits spät dran", antwortet Arnt. Der Mann geht sich mit seiner Hand durch den Bart.

„Ich weiß, aber ihr werdet nicht zu spät kommen", erwidert er. In dem Moment öffnet sich die größte und schmuddeligste Kiste von allen. Ein alter Mann mit langen Haaren und langem weißen Bart lugt daraus hervor.

„Will?", fragt er.

„Ja?", antwortet der Mann mit dem schwarzen Bart und dreht sich zur Kiste um.

„Will! Hörst du mich?" ruft der Mann aus der schmuddeligen Holzkiste.

„Ja, Meister! Ich kann Euch hören!"

„Haben die Ritter des dunklen Bundes uns erwischt?", fragt er.

„Nein, Meister. Ihr wisst, dass sie nie am Hauptweg

nach Calabra anzutreffen sind!"

„Gut, gut. Warum halten wir dann ...?"

Der alte Mann in der Kiste richtet seinen Blick auf die Magier des Ordens. Erschreckend schnell springt er aus der Kiste hervor und ein Teil seines Bartes verheddert sich am Ohr.

„HAAHAAARR! Ihr seid es!", ruft er fröhlich.

Arnt und die anderen schrecken zurück, bemerken aber schnell, dass der alte Mann Meister Älos ist.

„Ähm, Älos?", fragt Arnt irritiert, „und das ist dann ..."

„Will", sagt der Kutscher, nimmt seine Kapuze zurück und zieht sich seinen angeklebten schwarzen Schnäuzer ab.

„Und? Was sagt ihr? Wir wirkten doch sehr überzeugend!", meint Älos.

„Ja, äußerst über...", setzt Arnt an.

„Will!", ruft Adria und rennt auf Will zu, der mittlerweile von der Kutsche gestiegen ist. Sie wirft sich in seine Arme und er fängt sie auf. Älos steigt auch herunter und zieht sich einige Strohhalme aus dem Bart. Er hat Richard bereits bemerkt und geht auf ihn zu.

„Was ist passiert?", fragt er jetzt ernster als zuvor.

Erea antwortet ihm: „Er hat einen Ausflug durchs Portal gemacht. Als er zurück war, sah er *so* aus."

„Ich habe ihn etwas jünger in Erinnerung und der Bart ist auch neu", bemerkt Älos.

„Ja, das ist uns auch schon aufgefallen", entgegnet Erea.

„Nun ...", grübelt Älos, „ich kenne da eine Zauberformel! Jeder Magier kann sie anwenden, nur gibt es unbekannte Nebenwirkungen, die auftreten können, sollte der Zauberspruch von keinem Magier der Leere gesprochen werden", überlegt Älos.

„Wird er denn davon wach?", fragt Rebecka.

„Ja."

„Dann müssen wir es tun. Das Haus wartet nicht ewig und wir haben vielleicht gerade mal die Hälfte des Weges hinter uns gebracht. Wenn es eine Möglichkeit gibt, müssen wir sie nutzen. Abgesehen davon, ist Richard der einzige momentan erreichbare Magier der Leere."

„Gut", sagt Ariagon, „ich glaube, Richard würde das Risiko eingehen wollen, um die Mission fortzusetzen …", und spricht dann an Älos gewandt: „Was brauchst du?"

„Die Formel kenne ich so. Es bedarf nur zweier Zutaten: Als Erstes brauche ich Partensiskraut", sagt Älos.

„Das kenne ich, es wächst an Feldwegen. Ich gehe es sofort suchen!", sagt Arnt.

„Nein, warte einen Moment. Der Zauber muss nachts bei klarem Himmel stattfinden."

Rebecka blickt äußerst enttäuscht drein. Arnt ist auch nervös und wartet nur höchst ungern, bis es Nacht ist.

„Die zweite Zutat ist weniger eine *Zutat*, sondern viel mehr ein *Jemand*. Die Person, die Richard am meisten liebt, muss ihn bitten, zurückzukehren. Wenn er die Bitte hört, wird er die Augen öffnen."

„Das wäre dann wohl sein Bruder", sagt Arnt und grinst stolz. Älos dreht sich zu ihm um.

„Das würde man meinen. Doch es gibt eine Liebe, die noch stärker sein kann, die heißer und leidenschaftlicher sein kann als die familiäre Liebe", erklärt Älos. Er wendet seinen Blick kurz zu Rebecka. Sie errötet etwas, zeigt aber ansonsten keine Reaktion. Dann dreht er sich zu Will um, der gerade mit Adria spricht: „Hey, ihr Turteltäubchen!"

Will verdreht die Augen und wendet sich Älos zu.

„Ja, Meister?"

„Wir transportieren Richard ab jetzt auf der Kutsche. Wenn wir uns klein machen, ist sie groß genug für uns alle. Nur mein Maultier wird das alleine nicht schaffen."

„Ich will's ja nicht sagen, aber ich hatte's euch gesagt! Was Älos unter einem Transportmittel versteht, gehört immer hinterfragt!", sagt Darvon.

„Unverschämtheit!", erwidert Älos und lacht.

„Ich könnte die Erde unter den Hinterrädern stetig mit meiner Erdmagie etwas anheben, damit der Esel leicht abschüssig ziehen kann. Nur wird es ziemlich anstrengend, den Zauber bis zum Abend aufrecht zu erhalten."

„Du packst das schon", sagt Erea, knetet seinen rechten Oberarm und grinst dabei höhnisch.

„Ich werde es versuchen", sagt er und ignoriert Erea.

„Gut, dann steigt alle auf!", fordert Älos sie auf. „Nur zieht euch vorher am besten noch diese Sachen an, so fallen wir nicht auf."

Er drückt den Magiern der Reihe nach lumpenhafte Umhänge in die Hände.

„Richard tarnen wir als schlafenden Kranken, der schnell zu einem Heiler in Grufnor gebracht werden muss, abgemacht?", schlägt Älos vor.

„Gute Idee. Wir dürfen nicht zu viel Aufsehen erregen. Wir haben es immerhin mit den Rittern des dunklen Bundes zu tun. Vorsicht ist unser oberstes Gebot. Die Nachricht einer Octa-Mission sollte nicht die Runde machen", überlegt Will und streichelt Adrias Hand dabei. Dann setzt er sich mit Adria vorne auf die Kutscherbank.

„Marsch!", ruft er, als sich alle Magier auf die Kutsche

begeben haben, greift die Zügel und das Maultier dreht sich einmal um hundertachtzig Grad. Bald erreichen sie die Kreuzung, die den ursprünglichen Treffpunkt bildete und links nach Ny-Azh-Naduur abführt. Ariagons Erdmagie scheint ihre Arbeit zu tun und das Maultier zieht den Wagen munter hinter sich her. Nach einiger Zeit jedoch zeichnen sich Männer in schwarzer Rüstung auf dem Weg in etwa hundert Metern Entfernung vor ihnen ab.

„Leute", macht Will auf die Fremden aufmerksam, „dort vor uns sind fünf Ritter des dunklen Bundes."

„Mist!", flucht Älos, „kommen sie uns entgegen?"

„Nein, sie sind anscheinend auch Richtung Grufnor unterwegs."

„Das ist nicht gut", erwidert Arnt, „wenn wir sie einholen, dann überholen sie uns später womöglich, sollten wir rasten, erkennen sie uns im Vorüberziehen. Wenn wir jedoch hinter ihnen bleiben, könnten wir genausogut hier schon unser Lager aufschlagen. Ansonsten würde es höchstwahrscheinlich zum Blutvergießen kommen."

Adria sieht sich die Gestalten genauer an.

„Moment. Das sind sie!"

„Wer?"

„Die Ritter. Das müssten die sein, die die Bauernfamilie töteten", überlegt Adria, „es sind fünf, genau wie beim Haus des Bauern."

„Welche Bauernfamilie?", fragt Will und hält die Kutsche an. Ariagon kann kurz Pause machen und unterbricht seinen Zauber. Adria fasst daraufhin die Ereignisse des letzten Tages kurz für Älos und Will zusammen.

„Deshalb hat Richard also das Portal genutzt. Jetzt leuchtet natürlich einiges ein", begreift Älos.

„Ich bin dafür, die Dreckskerle umzubringen", sagt Erea und lächelt dabei schief, „wir könnten sie schnell einholen."

Arnt spielt mit dem Gedanken, dem zuzustimmen. Da Richard gerade außer Gefecht ist, hat er das Sagen. Doch er beschließt, nicht denselben Fehler zu machen wie sein Bruder.

„Richard hat unüberlegt gehandelt und das hat uns am Ende diese Situation beschert. Wir dürfen nicht so überstürzt agieren", befindet Arnt. „Wenn sie uns nicht angreifen, werden wir das auch nicht. So sparen wir Zeit und bringen uns nicht unnötig vor Erreichen unseres Ziels selbst in Gefahr."

„Ich bin deiner Meinung, Arnt", spricht El Artren und führt Zeige- und Mittelfinger an seine Lippen. Eine alte Geste der Hochalben, die so viel bedeutet wie ‚Ich hätte es bis ins kleinste Detail genauso gemacht!'

„Es kostet zwar etwas Überwindung", fährt El Artren fort, „aber wir sollten die Ritter ignorieren. Außerdem dämmert es bereits. Lasst uns das Lager aufschlagen."

„Gut", sagt Rebecka, „und wenn das Lager steht und die Feuer brennen …"

„… dann holen wir Richard zurück!", beendet Älos den Satz und klatscht entschlossen die Hände zusammen.

Kapitel 5

Es ist dunkel. Nicht das kleinste bisschen Licht ist zu sehen. Sind meine Augen noch offen? Habe ich sie vorhin geschlossen? Es macht keinen Unterschied. Ein einsames Stück Fleisch mit Verstand in einem einsamen Nichts mit Verstand. Der Mantel der Leere. Ich bin versteckt vor dem Rest der Welt, doch der Rest der Welt ist ebenso versteckt vor mir. Ich spüre nichts. Weder den Boden, auf dem ich gehe, noch die Luft, die ich atme. Ich spüre weder die Wärme meines Körpers noch das Blut, das durch meine Adern fließt. Nichts. So fühlt es sich also an, tot zu sein, denkt sich Richard. Dann ertönt eine Stimme in der Leere: *„Richard!"* Die Stimme klingt stark gedämpft und scheint aus weiter Ferne zu kommen. Es ist eine Frauenstimme.

„Richard! Komm zurück ... zurück zu mir ... "

Nach dem kleinstmöglichen Bruchteil einer Ewigkeit öffnet er die Augen und schreckt hoch. Das Erste, was er sieht, ist eine Frau, die neben ihm kniet. Sie hält seine Hand. Ein flackerndes Licht erhellt ihr Gesicht. *Ein Feuer. Hier muss ein Feuer in der Nähe brennen ...*

„Es hat geklappt!", freut sie sich und zieht Richard in eine herzliche Umarmung. Neben ihr sitzt ein älterer Mann mit langem Bart, der leise mit geschlossenen Augen eine Zauberformel flüstert.

„Gut, dass der Himmel heute Nacht klar ist", sagt der alte Mann und nickt zufrieden.

„Freunde! Richard, er ist wach, kommt schnell!", ruft die Frau dann wieder.

Acht Personen kommen angelaufen und mustern den

noch etwas benommenen Richard. Es sind mit der rotäugigen drei Frauen. Außerdem sechs Männer, manche etwas älter, manche etwas jünger. Es gibt nicht viele Gründe, die solch unterschiedliche Menschen zusammenführen könnten.

Richard hebt seine Hand und betrachtet sie. Es ist die Hand eines jungen bis mittelalten Mannes, vielleicht um die dreißig. Er wendet den Blick nicht von der Hand ab. Noch immer hat er kein Wort gesagt. Langsam senkt er die Hand wieder und sieht sich in der Umgebung um.

Richard merkt, dass er auf dem Boden an einem großen Lagerfeuer liegt. Ein hoher Fels, umgeben von dichter Böschung, bietet Wind- und Sichtschutz. Einige Decken und Felle sind auf dem Boden ausgebreitet, bestimmt zum Schlafen.

Er zwingt sich aus der liegenden Position, setzt sich hin und sieht nun aus dem neuen Winkel die Menschen um sich herum an.

„Richard, stimmt etwas nicht?", fragt der Mann mit dem langen weißen Bart, der die Zauberformel flüsterte.

Er scheint der älteste zu sein, stellt Richard fest. Die Frau, die sich gerade eben über ihn geneigt hatte, sieht ihn verwirrt an, als er nicht antwortet.

„Wer bin ich?", fragt Richard und blickt sich höchst irritiert um.

„Witzig, Richard", sagt einer der Anwesenden und grinst. Richard bemerkt, dass er den gleichen Mantel trägt wie der, der zuletzt sprach.

„Kennen wir uns vielleicht?", fragt Richard.

Der Mann setzt zum Lachen an, schaut dann aber verunsichert zu seinem Freund in voller Rüstung, der nur mit den Schultern zuckt.

„Richard? Ich hoffe du erkennst deinen Bruder Arnt noch!"

„Du bist mein Bruder?", fragt Richard.

„Das reicht jetzt …", sagt Arnt, wird jedoch von einem dicklicheren Mann unterbrochen. Dieser blickt ernst drein. „Er scherzt nicht."

„Richard, du erinnerst dich nicht an uns?", fragt der dickliche und wirft dem alten, bärtigen einen bösen Blick zu.

„Ich hatte euch gewarnt, gebt nun nicht mir die Schuld! Er wäre sonst möglicherweise nie mehr aufgewacht!", erwidert der bärtige Mann.

„Aber du hattest nicht gesagt, dass eine Nebenwirkung Gedächtnisverlust ist!", beschwert sich Arnt und streicht sich die Haare zurück.

„Nein, deswegen sagte ich ja *unbekannte* Nebenwirkungen!", antwortet der Bärtige.

„Ist schon gut, Älos, keiner beschuldigt dich. Wenn, dann sind wir es alle schuld", sagt die Frau, die vor Richard kniet. Das Rot ihrer Augen glänzt nun besonders stark. Sie ist den Tränen nahe.

Richard fasst sich ins Gesicht und spürt einen Bart. Dann rappelt er sich auf und merkt, dass an seiner linken Taille ein Schwert in einer Scheide steckt.

„Dein Schwert", merkt die Frau mit den roten Augen an, „es ist das Kristallschwert der Leere, die legendäre Waffe Nummer elf, Christak."

Schweigend betrachten die anderen, wie Richard sein Schwert mustert.

„Greif dein Schwert, Richard", sagt der Mann in der Rüstung, „dein Partner im Kampfe wird dir auch jetzt zur Seite stehen."

Sachte berühren Richards Finger den Griff. Dann umgreifen sie ihn langsam.

„Das erscheint mir … vertraut", überlegt Richard laut. Schließlich greift er sein Schwert und zieht es aus der Scheide. Er hält es vor sich ausgestreckt hin: die gezackte Kristallklinge schimmert im Licht des knisternden Lagerfeuers.

„Ich weiß nichts mehr und fühle mich so leer, nicht einmal aufgewühlt. Bitte, erzählt mir, was ihr über mich wisst, oder was ich mit euch zu tun habe, vielleicht erinnere ich mich ja an irgendetwas."

„Du bist unser Anführer, Richard Cliff, Beschützer Calabras, Magier der Leere und Kopf des Ordens der magischen Octa. Du bist unser Freund", sagt der Mann in der Rüstung und legt Richard seine Hand auf die Schulter.

„Das dort hinten ist Will", fährt der Mann fort und zeigt auf den Mann neben der blonden jungen Frau, die seine Hand hält, „und die Schönheit neben ihm ist Adria."

„Hallo, Richard", sagt Adria. Will nickt ihm traurig zu.

„Der alte Mann hier ist Älos, Wills Ausbilder und Windmagiermeister. Älos und Rebecka haben es zusammen geschafft, dich zurückzuholen."

„Rebecka …", murmelt Richard.

„Und dann haben wir hier noch Darvon, den Dicken dort drüben …"

„Hey!", beschwert sich Darvon.

„… und das ist Erea, die Jüngste von uns. Sprich sie besser nicht darauf an, dass sie etwas älter aussieht."

„Ariagon", erwidert Erea böse lächelnd.

„El Artren, ein Alb mit Lichtmagie … nun, um genau zu sein ein Halbalb, ist ja auch egal."

„Freut mich", sagt El Artren und verneigt sich kurz.

„… Arnt Cliff, dein Bruder …"

„Bruder", wiederholt Richard verstört.

„… und zu guter Letzt ich. Mein Name ist Ariagon."

Richard hat versucht, sich die Namen einzuprägen.

„Also gut …", sagt er, „was machen wir hier draußen in der Wildnis, Ariagon?"

„Am besten, wir erzählen die Geschichte ab dem brennenden Gutshof und erklären ihm unser Vorhaben!", meldet sich Darvon von hinten.

„Gute Idee. Soll ich?", fragt Ariagon.

„Ich würde ihm gerne alles erzählen", meldet sich Rebecka und gesellt sich Richard gegenüber. „Das wird nur etwas dauern."

„Solange wir morgen früh weiterkönnen, ist alles gut", sagt Ariagon und begibt sich, wie die anderen, in Richtung seines Schlafplatzes. Rebecka nimmt vor Richard im Schneidersitz Platz und begutachtet ihn. Äußerlich hat er sich zwar verändert, doch als sie ihm in die Augen blickt, sieht sie etwas Unvollkommenes. Ein leeres Etwas, das sich danach sehnt, gefüllt zu werden.

Und so beginnt Rebecka zu erzählen …

Kapitel 6

Richard und Rebecka sind als Letzte noch wach. Die anderen haben sich bereits vor Stunden schlafen gelegt. Nachdem Rebecka zum Ende ihrer Erzählung gekommen ist, ist Richard noch verwirrter als zuvor: „Also willst du damit sagen, dass ich ein Magier bin?"

Rebecka blickt ihn verzweifelt, ja fast schon vorwurfsvoll an. „Wie hättest du denn das Portal öffnen sollen, wenn du kein Magier wärst?"

„Es tut mir leid. Meine Worte verwirren dich. Ich kenne niemanden mehr, nicht einmal mich selbst. Die einzige Erinnerung, die mir geblieben ist … Die einzige Erinnerung ist die Leere und die Worte, die in der Leere widerhallen."

„Richard, wenn du nicht mehr weißt, dass du ein Magier bist, wie willst du dich dann an Zaubersprüche erinnern? Wie willst du überhaupt mit ins Haus der Hölle kommen?"

„Ich erinnere mich an jeden Zauberspruch und noch mehr."

„Aber du meintest doch gerade noch …!" Sie rauft sich die Haare.

„Die Zauberformeln der Leere sind wie ein Instrument in der Hand des Musikers. Ein Werkzeug. Das Instrument wird Teil des Musikers, sowie die Zauber Teil der Leere werden. Ich weiß nicht, wie ich es anders beschreiben soll. Irgendwie kenne ich die Formeln noch … Sie sind so selbstverständlich wie meine Arme und Beine. Deswegen finde ich es so irritierend, sie als magisch zu bezeichnen", spricht er, mehr zu sich selbst als zu ihr, und schaut betrübt zu

Boden. Rebecka schenkt ihm ein warmes Lächeln. „Du hast dich verändert, Richard."

„Ach, zum Besseren oder zum Schlechteren?"

Rebecka schmunzelt und mustert ihn.

„Das werden wir dann sehen", überlegt sie. Kurz blicken sie einander an, ohne ein Wort zu sagen. Es herrscht Stille. Bloß das Knacken und Knistern des Feuers und das Flüstern des Windes sind zu hören.

„Damit muss ich mich wohl zufriedengeben", sagt Richard, lächelt und legt sich auf sein Schafsfell zum Schlafen.

„Gute Nacht", flüstert Rebecka ihm ins Ohr und weckt Ariagon für die nächste Wachschicht.

Die Nacht wird dunkler, das Feuer schrumpft zur Glut. Als es dann Morgen wird, ist Ariagon als Erster wach, da er die letzte Wache hatte.

„Gut geschlafen?", fragt er die müden Gesichter. Als Antwort erhält er lautes, zustimmendes Gähnen. Nachdem alle wach geworden sind, bauen sie das Lager ab. Vor dem Aufbruch erklärt Rebecka noch, was sie am gestrigen Abend während des Gespräches mit Richard erfahren hat:

„… Ich erklärte ihm noch das Wichtigste. Er wusste kaum noch etwas, nicht einmal, dass er ein Magier ist."

„Aber dann …", setzt Erea an.

„Die Zauberformeln beherrscht er aber", ergänzt Rebecka.

„Wo ist denn da der Sinn?", wundert sich Erea.

„Er erinnert sich nur an die, und ich zitiere, *Worte, die in der Leere wiederhallen*", schildert Rebecka.

„Richard, seit wann bist du so philosophisch?", möchte Arnt wissen. Richard zuckt nur mit den Schultern: „Wenn ich das wüsste …"

Nachdem sie alles auf der Kutsche verstaut haben, brechen sie auf. Will und Adria sitzen wie am Vortag vorne.

„Meinst du, das Maultier hat Durst?", überlegt Adria laut.

„Bestimmt!", erwidert Will. Adria öffnet ihren Wasserschlauch und spricht einen kurzen Zauber: *„Berkana Laguz Ansuz Sowilo Ehwaz!"*

Wasser schießt aus dem Schlauch, formt sich zu einer Blase und fliegt vor die Nase des Maultiers, sodass es einen kühlen Schluck nehmen kann, wann immer es ihm beliebt.

„Sowilo Ehwaz Naudhiz Kenaz Ehwaz!", spricht Ariagon und die Straße hebt sich unter den Hinterrädern der Kutsche etwas. Schnaubend tritt das Maultier seinen Weg an.

Heute ist es bewölkter als die letzten Tage. Ein Geruch nach feuchter Erde liegt in der Luft. Zu ihrer linken und rechten Seite tummeln sich Felder auf sanften Hügelketten. Dort gehen alte Bauern mit krummen Rücken dem Bestellen ihrer Felder nach. Die Hügel bergen guten, fruchtbaren Boden.

„Wir nähern uns dem Verisgebirge, es ist nicht mehr weit bis zum schwarzen Haus", stellt Erea fest. In dem Moment registriert Will weiter vorne etwas auf dem Weg. Er schaut genauer hin und erkennt die Ritter des dunklen Bundes, die ihm bereits am Vortag auffielen.

„Dieses Mal werden wir sie überholen müssen", überlegt Arnt.

„Entweder sie lassen uns vorbei oder sie kriegen aufs Maul", kündigt Erea an.

Als sie sich den düster dreinblickenden Rittern nähern, dreht sich einer von ihnen zu den Magiern um. Er flüstert seinem rechten Kameraden etwas zu, der sich daraufhin auch umdreht.

Dann: Der Zeitpunkt des Luftanhaltens, der für gewöhnlich ungewöhnlich lange anhält. Die Kutsche nähert sich den fünf Rittern und überholt sie schließlich rechts. Die Männer in den schwarzen Rüstungen blicken sie mit zusammengekniffenen Augen an, mustern Maultier und Fahrer eindringlich. Die Kutsche fährt vorüber.

„Halt!", ruft einer der fünf.

„Mist!", flucht Will leise und hält den Wagen an.

Der eine Ritter kommt nach vorne zur Bank, auf der Will und Adria sitzen, und steigt auf. Dann schaut er hinten rein und sieht die acht Gestalten, die schlafend eng aneinander auf dem Boden liegen (schlafend, *räusper, räusper*). Sie alle haben sich die dreckigen Umhänge mit Kapuze übergezogen, sodass man nicht direkt erkennt, um wen es sich handelt.

„Eine kurze Kontrolle", erklärt sich der Mann.

„Sicher." Will nickt und schluckt.

„Wo werden die Pisser hingebracht?", fragt der Ritter und deutet auf die Schlafenden.

„Das … nun also … wir müssen nach Grufnor. Dort ist ein Heiler, den wir aufsuchen müssen", stottert Will.

„Ein Heiler, so, so", entgegnet der Ritter des dunklen Bundes, „weshalb sucht ihr einen Heiler in Grufnor auf? Nicht viele Menschen sind dumm genug, den Weg an den Minen vorbei zu wählen."

Adria umklammert Wills rechten Arm. Dieser setzt einen entschlossenen Blick auf.

„Nur er kann unsere kranken Freunde retten. Es ist die grüne Syphilis, meine Herren! Wir müssen uns wirklich sputen, sonst ist es zu spät. Daher wäre ich Euch sehr verbunden, wenn …", erklärt er.

„Wenn was, Bursche?", grunzt der Ritter, den nicht mal

ein Syphiliskranker abzuschrecken scheint. Er blickt böse auf Will hinab und nähert sein Gesicht immer weiter dem seinen. Will hält dem starren Blick stand.

Die vier anderen Ritter in schwarzer Rüstung treten nun auch näher. Überraschenderweise kommt in diesem Moment Erea nach vorne und stellt sich vor den zwei Köpfe größeren Mann breitbeinig hin.

„Also, was wollt Ihr eigentlich?", fragt sie und stemmt die Hände in die Hüfte. „Wir sind Reisende, sind krank, haben Lepra, die Glieder fallen uns ab! Wir brauchen einen Heiler, ihr Hornochsen! Ohne Grund wird man hier angehalten und angeschissen, obwohl wir gesagt haben, was Sache ist. Ich nehme an, ihr habt was getrunken oder hattet einfach einen miesen Tag." Sie verschränkt erwartungsvoll die Arme vor der Brust.

Will klappt die Kinnlade runter. Überflüssig zu erwähnen: Den Rittern klappt die Kinnlade noch weiter runter. Adrias besorgter und warnender Blick verrät Erea, dass ihre Freundin es für nicht besonders klug hält, die Ritter des dunklen Bundes zu erzürnen. Und Adria fragt sich, ob Erea nicht wirklich noch zu jung ist für diese Mission.

„Du kleines Gör … Du Schlampe solltest deine Klappe nicht so weit aufreißen! Zunächst hieß es, ihr hättet Syphilis! Nun wollt ihr Lepra haben? Und hast du bemerkt, dass unter eurem Hinterrad ein Berg wächst?"

Man hört ein leises *„Mist, vergessen!"* von hinten.

„Kommandant Boris?", fragt einer der anderen Ritter den miesgelaunten Mann, der grade Will und Erea angefahren hat.

„WAS, KEVIN?", schnauzt der Kommandant.

Kevin zeigt mit zitternder Hand auf Älos, der seine rechte Faust auf Boris richtet. An Älos Ringfinger

glänzt der in Legenden besungene Ring der Zerstörung.
Boris dreht sich hastig zum Ring um.

„Letzte Chance, ihr lasst uns ziehen oder ihr verliert den Verstand", droht Älos.

„Der alte Mann will's also wissen, ja?", fragt Boris lachend und zieht sein Schwert.

„Du bist nicht der Hellste, nicht wahr?", fragt Erea.

Im selben Moment verpasst Boris ihr einen Faustschlag ins Gesicht. Erea fliegt von der Kutsche und kracht zu Boden.

„Raidho Ehwaz Uruz Ehwaz!", ruft Älos erzürnt.

Boris hält sich schützend die Arme vors Gesicht. Ein blauer kreisförmiger Schleier wird vom Ring entfesselt, der die Ritter des dunklen Bundes umfängt. Ein kurzer Moment der Stille folgt. Dann senkt Boris seine Arme. Als er bemerkt, dass nichts passiert ist, lacht er.

„Ich bereue nichts." Ungestüm und wild entschlossen holt er mit dem Schwert nach Älos aus.

„Stirb, alter Mann!"

„Berkana Raidho Ehwaz Naudhiz Naudhiz", ruft Rebecka.

Kurz bevor das Schwert Älos getroffen hätte, geht der Kommandant in Flammen auf.

„AARGH!", kreischt er. Älos, Will und Adria, diejenigen, die am nächsten dranstehen, schützen ihre Gesichter mit den Kapuzen vor der Hitze. Rebecka sucht Halt an der Holzwand der Kutsche. Ihr scheint etwas schwindelig zu sein. Aber der Anfall von Schwäche lässt sich nicht bloß durch den Manaverbrauch erklären. Der Geruch brennenden Fleisches ist ihr altbekannt. Das Schaudern, das sie überkommt, gleicht einem Stoß in den Seelenmagen.

Ein brennendes Haus, erinnert sich Rebecka. *Warum erreichen mich die Flammen nicht? Wieso bin ich allein?*

„Es ist zu spät für euch, für euch alle! Er hat die Schriftrolle und euch wird er auch bald haben!", droht der Kommandant, während die Flammen das Fleisch von seinen Knochen brennen. Rebecka wird aus ihrer Trance gerissen. Im nächsten Moment fällt der brennende Ritter zu Boden, die Flammen breiten sich aus und die Kutsche fängt Feuer. Die Ordensmagier springen hinunter und werfen ihre Umhänge ab. Da durchtrennt die Hitze der Flammen die Zügel sowie das Geschirr und das Maultier rennt fort, wobei es panische Laute von sich gibt. Habt ihr schon mal ein Maultier schreien gehört? Nein? Klingt, als hätte es Durchfall.

Die vier Ritter des dunklen Bundes wollen sich am Maultier ein Beispiel nehmen (nicht am Durchfall).

„Keiner darf entkommen!", ruft Richard den anderen zu. „Wir dürfen nicht zulassen, dass sie Bericht erstatten, sonst schaffen wir es niemals bis zum schwarzen Haus!"

„Verstanden", rufen die Magier. Ein Hauch von Unsicherheit liegt in ihren Stimmen, denn irgendetwas in Richards Tonfall klang ungewohnt.

Erea, die, vom Faustschlag ganz benommen, noch am Boden liegt, hebt zitternd ihre Hand und spricht:

„Naudhiz Ansuz Kenaz Hagalaz Tiwaz!"

Der Zauber sorgt dafür, dass alle Ritter des dunklen Bundes kurzzeitig erblinden. Ariagon und Arnt kommen schnell herbeigeeilt und sehen nach Erea, die erschöpft am Boden liegt.

„Sie hat sich zu sehr verausgabt!", sagt Ariagon mit besorgter Miene. Arnt beginnt, Heilzauber zu sprechen.

„Was machen wir mit ihnen?", fragt Darvon und deutet auf die erblindeten Ritter.

„Wir werden sie einen nach dem anderen umbringen, aber vorher will ich noch wissen, was sie denken", befiehlt Richard. Den anderen Magiern stockt der Atem. Früher hätte Richard nicht so einfach jemanden zum Tode verurteilt, ohne mit dem Orden zuvor darüber zu sprechen. So viel ist gewiss.

„Richard?", fragt Darvon.

„Wartet!", erwidert Richard bestimmt und geht zu den vier Männern in schwarzer Rüstung. „Warum bereut ihr nichts?"

Die Männer verstehen nicht, weshalb Richard jetzt diese Frage stellt.

„Halts Maul!", brüllt Kevin.

„Ihr seid auch Menschen. Wie kann ein Mensch ohne Gewissen geboren werden?", fragt er mit ehrlichem Interesse, doch eine ungewisse Kühle, die einen erschaudern lässt, bestimmt seinen Unterton.

„Was redest du für einen Scheiß?", schnauzt der andere.

„Kann man nicht", beantwortet Richard sich selbst die Frage. „Man kann höchstens von etwas Falschem überzeugt werden. Mit Gewalt. Oder vielleicht durch einen Zauber …"

„Missgeburt!", brüllt Kevin. „Neunmalkluges Wechselbalg eines verschwitzten Knies! Der Bibberdudler soll dich holen!"

Richard ignoriert die (durchaus kreativen) Verwünschungen der Männer, die blind auf dem Boden herumkriechen.

„Habt ihr den Bauern und seine Familie getötet?", fragt Richard gerade heraus.

„Und noch mehr als das, stell dir das Gesicht des Bauern vor, als er sah, was wir mit seiner Frau machten!", grölt Kevin und lacht ein gackerndes Lachen. Richards weißes Haar verschleiert seinen leeren Blick.

„Ihr tut mir unfassbar leid", sagt Richard und stößt Kevin das Kristallschwert ins Herz. Kevin schreit kurz auf, hustet etwas Blut und bleibt dann regungslos liegen.

„Wie sieht es mit euch aus? Wollt ihr, bevor ihr sterbt, auch noch etwas sagen?", fragt Richard kühl und durchbohrt die Hand des nächsten Ritters, der laut aufbrüllt vor Schmerz.

Die Octamagier stehen daneben und glauben nicht, was sie da sehen: Richard hat sich verändert, und das ist noch untertrieben. Er ist älter, härter, kälter geworden. Er ist erbarmungslos geworden.

„Ich habe dich etwas gefragt", sagt Richard und tritt dem Ritter mit voller Wucht in die Seite.

„Fick dich!", faucht der Ritter.

„Keine Reue", befindet Richard und stößt ihm sein Schwert in den Schädel. Der Körper des Ritters erschlafft augenblicklich.

„Ihr zwei? Wollt ihr es vielleicht besser machen?", fragt er.

„Richard, das reicht jetzt", geht Darvon dazwischen.

„Wenn du sie töten musst, dann mach es schnell und quäl sie nicht."

„Sie haben nichts anderes mit der Bauernfamilie gemacht", gibt Richard zu Bedenken.

„Und welche Seite ist dann die richtige?", fragt Darvon. „Wir sind besser als diese Schweine. Nun tu es und töte diese Menschen oder lasse Gnade walten."

„Nein, du verstehst das falsch", insistiert Richard. „Ich gebe ihnen die Gelegenheit, vor ihrem Tod Reue zu zeigen und zu beweisen, dass selbst im schwärzesten Herzen ein kleiner Funke Licht zu finden ist. Ich bin kein Sadist."

Darvon nickt langsam, doch mit gerunzelter Stirn. Anschließend rümpft er die Nase.

„Also, um wieder zu euch zu kommen", sagt Richard und wendet sich erneut den Rittern auf dem Boden zu. „Bereut ihr nichts?"

„Ich bereue es, deine Mutter nicht …", sagt der Eine. Richard sticht zu und wendet sich dem Letzten zu.

„Was ist mit dir?"

„Lang lebe Nizedir!", sagt er und spuckt auf den Boden.

Nizedir Crime, der König Rakomirs, der mithilfe von Angst und Schrecken das Land regiert. Sein namenloser Zauber verändert die Völker, die er besiegt, und bewerkstelligt es, dass sie der Hoffnung beraubt kapitulieren oder dass sie ihr Zorn ins Dunkel treibt. So macht er sich das ganze Land zu eigen. Die Ritter des dunklen Bundes sind seine ihm treu ergebenen Mannen, von denen es nun fünf weniger gibt …

Richard blickt zu Boden und legt fast instinktiv seine rechte Hand auf die linke Brust. Die anderen tun es ihm nach.

„Ruhet in Frieden und bereut eure Fehler", sagt er und geht dann zu Erea, um zu sehen, wie es ihr geht. Die anderen Magier tragen die Leichen zusammen, damit Rebecka sie verbrennen kann. Adria hält sich eine

Hand vor den Mund, um den Würgereiz zu unterdrücken, der sie beim Anblick der Leichen überkommt.

„Du, Erea?" Adria tippt ihr auf die Schulter.
„Ja, was gibt´s?"
Arnt hat Ereas Schmerzen gelindert und sie kann wieder auf zwei Beinen stehen, auch wenn sie jetzt ein tiefmitternachtblaues Auge hat.
„Was meinte der Kommandant, als er sagte, Nizedir habe die Schriftrolle?"
Erea legt den Kopf schräg, zuckt dann aber mit den Schultern: „Ich hab' keine Ahnung … Er wusste, dass er nun sterben würde, und der hat schon als es ihm noch *gut* ging Unsinn gelabert."
„Hmmm." Adria legt die Stirn in Falten. „Ja, du hast sicher Recht …"

Kapitel 7

Es schüttet wie aus Eimern. Die letzten Meilen bis zum Haus müssen im strömenden Regen, ohne Kutsche, ohne Maultier und über bröckeligen Wegesgrund zurückgelegt werden. Sie unterhalten sich kaum und behalten ein gleichmäßiges Tempo bei, um den Ausdauerakt erträglich zu machen. Das Ziel ist ebenso wenig motivierend wie die Wetterbedingungen.

Bislang haben sie Glück: Weder Trolle noch Orks sind zu sehen, obwohl sie den Minen gefährlich nahekommen und keine Sonne scheint.

Dann, nach etwa zwei Stunden, haben sie es erreicht, ihr Ziel. Es blitzt und donnert heftig. Der Regen nimmt von Minute zu Minute zu und verwandelt den Schotterweg in eine Matschstraße. Mitten auf dem Weg, wie hingestellt ohne jeden Sinn, steht es: das Haus.

Es ist gänzlich aus schwarzem Holz und weist einige Löcher im Dach auf, durch die der Regen dringt. Die Tür steht offen und klagt quietschend den Wind an, der sie auf und zu wirft. Fenster gewähren Blicke in schwarze Zimmer. Die meisten Gläser haben Risse und an einem ist der blutige Abdruck einer Hand zu sehen. Bretter schweben teils entgegen der Windrichtung in Kreisen um das Haus. Dann: Ein gewaltiger Blitz, begleitet von polterndem Donner.

„Wir sind da", sagt Älos.

Langsam nähern sich die zehn Magier dem Eingang. Darvon, Will und Älos bleiben jedoch abrupt stehen.

„Habt ihr das auch gehört?", fragt Will seine

Windmagierkollegen, deren Ohren besonders scharf sind.

„War wohl bloß das Wetter", schreibt Darvon das Gehörte ab.

„Wer weiß …" Älos und muss lächeln. „Ich höre ständig Eulen in letzter Zeit …"

Darvon und Will machen sich nichts aus dem wirren Kommentar und folgen den anderen Magiern zum Haus. Älos schwebt ihnen hinterher.

Als sie sich dann der Veranda nähern, reißt die Tür aus den Angeln, knüllt sich selbst zusammen, wie man es bei verpatzten Liebesbriefen zu tun pflegt, und verschwindet geräuschlos im dahinterliegenden Zimmer. Ein Schauer läuft den Magiern den Rücken runter: Es erweckt den Eindruck, als würde das Haus ihre Anwesenheit spüren …

„Hat noch jemand Angst?", fragt Adria.

Keiner antwortet. Älos, Will, Arnt und Richard gehen voraus in die Dunkelheit und treten durch den Türrahmen. Die anderen folgen ihnen mit erhobenen Händen, bereit, um sich mit Zaubern und Waffen zu verteidigen. In dem Moment, in dem sie durch das Haus treten und den Türrahmen passieren, verstummt das Unwetter. Die Löcher im Dach, die von außen zu sehen waren, existieren nicht mehr. Der schwarze Raum, der hinter der Tür liegt, ist gar nicht so dunkel.

Ein roter Teppich liegt auf dem Boden und ein lackierter Schrank steht in der rechten, hinteren Ecke. Alles in allem sieht es hier beinahe gemütlich aus, wenn da nicht das ungewöhnlich kalte Licht der Kerzen wäre, die an den Wänden hängen und die einzige Lichtquelle darstellen. Die Fenster enthüllen, wenn man nach draußen sieht, nichts als Schwärze. Kein Weg ist zu sehen. Kein Regen. Kein bewaldetes Gebirge. Nur die Dunkelheit. Trist und eindringlich.

„Wir sind nun angekommen", sagt Arnt. „Da Richard seine Erinnerungen verloren hat, ist es nun meine Aufgabe … Ich komme direkt auf den Punkt."

Er blickt in die Runde und sein Blick bleibt bei El Artren, Ariagon und Adria hängen.

„Es steht euch frei zu gehen."

Adria schaut zu Boden, während El Artren und Ariagon entschlossen die Fäuste ballen.

„Wir haben uns entschieden", erklärt El Artren. „Nachdem wir sahen, was der Bauernfamilie widerfuhr, sind wir der Meinung, dass ein paar mächtige Artefakte mehr nicht schaden können. Es ist zwar sehr waghalsig und die Unternehmung wirkt überstürzt, aber wir können euch nicht guten Gewissens alleine ziehen lassen!"

Arnt lächelt und Ariagon gibt ihm die Hand.

„Niemals lassen wir euch alleine da rein!", bekräftigt er.

„Ihr seid wahrlich treue Freunde", entgegnet Arnt und dreht sich anschließend zu Meister Älos um. „Wohl an! Wir müssen schnellstmöglich in den Irrgarten. Älos, wo geht es lang?"

Arnt deutet mit einer hochgezogenen Augenbraue auf den rechten Durchgang. Man erkennt vom Flur aus eine Sessellehne, die durch den Türrahmen abgeschnitten wird. Das Knistern, der flackernde Schein und der Geruch nach Kiefernholz lassen einen Kamin vermuten. Adria schnüffelt in der Luft.

„Riecht gut!", befindet sie und leckt sich die Lippen. „Nach Braten!"

„Nach Kiefer meinst du wohl", wendet Arnt ein, merkt

dann aber, dass Adria sich dem linken Durchgang zugewandt hat. Von dort ertönt ein Brutzeln, als würde jemand kochen.

„Unser Weg ist der schwierigste, denn er ist entsagungsvoll", erklärt Älos und deutet die Stufen der Treppe hinauf, die geradeaus vor ihnen liegt. „Doch nur dieser ist es, der Lohn verspricht … oder Tod."

Dann rüttelt jemand am Türgriff. Es kommt von Will.

„Freunde", sagt er mit gedämpfter Stimme. Die anderen drehen sich zu ihm um.

„Was ist?", fragt Darvon, der jedoch auf den ersten Blick den Grund für Wills bestürzten Gesichtsausdruck erkennt. Dann sehen es die anderen auch: Die Tür, die sich vorhin selbst zerknüllte, ist wieder da und hängt ordentlich und nach allen Regeln des rakomirischen Schreinerhandwerks im Türrahmen.

„Brave Tür!", befindet Erea.

„Abgeschlossen", sagt Will atemlos.

„Das ergibt doch keinen Sinn!", klagt Adria und eine Gänsehaut jagt ihre Unterarme hoch. Älos steigt auf die erste Stufe der Treppe: „Im Haus der Hölle ergibt gar nichts einen Sinn! Folgt mir, lasst euch weder an den Gedanken von gutem Essen noch an den eines warmen Feuers verführen! Wir müssen die Treppe hoch."

Ohne weitere Erklärungen steigt er hoch, gefolgt von Richard und Arnt. Die anderen folgen. Will und Adria bilden den Schluss. Es sind ziemlich abgenutzte Holzdielen, die die Stufen bilden. Bei jedem Schritt der zehn Magier knarzen die Dielen, als würde ein übergewichtiger Bulle sie hochjagen. Das Treppensteigen zieht sich ewig in die Länge. Mehrere Minuten sind sie unterwegs, dabei liegt das Ende der Treppe klar vor ihren Augen!

„Das war mal eine schwere Geburt", gesteht Erea außer

Atem, als sie oben ankommen. Vor ihnen liegt nun ein kurzer Flur mit drei Türen. Die rechte und die linke Tür stehen sperrangelweit offen. Hinter der rechten Tür befindet sich ein Bett mit frischen Bezügen. Ein Sekretär steht dem Bett gegenüber und eine Kerze gewährt Sicht auf ein aufgeschlagenes Buch. Im Raum links ist eine Wanne aus Zinn, gefüllt mit dampfendem Wasser.

„Lasst euch nicht verführen", sagt Älos. „Alles hier ist eine Falle. Jedoch …"

„Was denn?", fragt Ariagon neugierig.

„… müssen wir eine Falle auslösen."

„Wie bitte?"

„Im Raum rechts, hier", sagt Älos und zeigt auf den Sekretär. „Dort liegt ein Buch über die Monster im Haus der Hölle und eine Karte. Ohne diese Informationen wird es schwierig, dem Haus wieder zu entfliehen … wenn nicht gar unmöglich."

„Aber Meister, wir sind doch bereits im Haus und hier sind keine Monster", sagt Will.

„Das, was du hier siehst, dieses *Haus*, das ist lediglich der Eingang zum wahren Haus der Hölle. Und zwar teilt sich dieses in zwei Dimensionen auf, von denen man eine Dimension auf normalem Wege durch die Tür erreichen kann, die hier gerade vor uns verschlossen liegt: den *Dungeon*, eine irrgartenförmige Anordnung von größtenteils leeren Verließen und Mauern", erklärt Älos.

„Meister, Ihr sagtet, Ihr wüsstet nicht, wie der Irrgarten aussieht", bemerkt Will.

„Mehr als das bisschen grobes Wissen, hat der Meister Älos, also ich, habe ich auch nicht … nicht wirklich …", erklärt Älos und gerät ins Schwitzen. „Außerdem müssen wir, um hier wieder rauszukommen, ein Portal in der Mitte des Irrgartens erreichen. Die Karte wird uns helfen. Ich schlage deshalb vor, dass ich und Will gehen, um die Karte vom Sekretär zu holen."

„Moment", sagt Arnt, „warum ihr beide? Ihr müsst nicht die Helden spielen!"

„Das hat nichts mit *den Helden spielen* zu tun. Es ist die einzig logische Entscheidung, da Will und ich beide Windmagier sind. Ihr habt noch einen: Darvon. Abgesehen davon, sind wir beide keine Magier des inneren Zirkels", gibt Älos zu bedenken und lächelt zuversichtlich.

„Meister, Ihr wisst, dass Ihr stärker seid als ich, stärker als einige von uns", entgegnet Darvon. „Nur weil Ihr aufgrund Eures Alters zurückgetreten seid, heißt das doch nicht, dass Ihr weniger wert seid!"

„Nein, da hast du wohl Recht. Nur werde ich an diesem Ort keinesfalls auch nur einmal von der Seite meines Schülers weichen. Ich bin für ihn verantwortlich und dich will ich auch nicht die Karte holen sehen."

„Sagt mir nicht, Ihr habt mich bloß deshalb mitgenommen!", wirft Will Älos vor. „Als Vorwand, Buch und Karte zu holen!"

Älos legt Will eine Hand auf die Schulter und sieht die anderen der Reihe nach an.

„So kann ich mein Gelübde erfüllen, Will: Dich, meinen Schüler, zu beschützen", erklärt er. „Gleichzeitig halte ich die anderen davon ab, sich in diese zusätzliche Gefahr zu begeben. Du hast mein Wort, ich würde mein Leben für dich geben."

„Dann beeilt euch", sagt Darvon und senkt den Blick.

„Will …", haucht Adria, als Will und Älos gerade durch die Tür treten wollen. Noch bevor Will antworten kann, wird er von ihr in eine enge Umarmung geschlossen. Sie legt ihr Ohr an seine Brust, sodass sie seinen Herzschlag hören kann, und bittet ihn: „Versprich mir, dass dir nichts passiert!"

„Aber dann ...", setzt Will an.

„Versprich es einfach!", wiederholt sie.

„Ist gut. Ich pass auf mich auf", sagt Will und legt seine Stirn an die ihre. „Ich bin gleich zurück", sagt er noch, dreht sich dann um und schreitet zusammen mit Älos in das Schlafzimmer. Will erwartet einen Überraschungsangriff, wird jedoch enttäuscht.

„Wir müssen uns beeilen, aber vorsichtig sein", warnt Älos.

Leise setzen sie einen Schritt vor den anderen, drehen sich bei jedem noch so leisen Knarzen unter ihren Füßen um, doch nichts geschieht. Die Kerze auf dem Sekretär ist bald heruntergebrannt. Als Älos und Will sich dem Sekretär nähern, können sie einen Blick auf die Seiten des Buches werfen: Sie zeigen Tuschezeichnungen von Monstern. Mit verschnörkelter Schrift schrieb der Autor neben den Bildern Warnungen nieder.

„Ein Bestiarium, Schriften dieser Art und dieses Umfangs sind selten geworden ...", erklärt Meister Älos ehrfürchtig. Er packt das in Leder gebundene Buch in seinen Rucksack. Unter dem Buch kommt nun eine etwa 60 mal 60 cm große Karte zum Vorschein. Sie zeigt einen runden Irrgarten, der in drei große Kreisebenen aufgeteilt ist. In der Mitte ist ein schwarzes X verzeichnet. Zwei weitere solcher Markierungen finden sich im äußeren Kreis.

„Portale?", fragt Will Älos.

„Ja. Das große in der Mitte ins unser Ziel, unser einziger Ausweg", antwortet dieser. „Die anderen beiden führen aus dem Irrgarten in die zweite Dimension. Man nennt sie auch die Zwischenwelt. Es ist die Dimension der Geister, Dämonen und Irrlichter. Dort hin kehren sie, wenn sie auf Erden geschlagen wurden, um sich zu regenerieren. Aber es ist ein für uns Menschen und auch für Alben und Zwerge sehr lebensfeindlicher Ort. Jeder, der aus dieser Leere nicht rechtzeitig hinausfindet, verliert sich selbst.

Manch einer glaubt, Dämonen seien die rastlos umherirrenden Seelen jener Menschen, die der Zwischenwelt nicht mehr entkamen", erklärt er mit düsterem Blick. Wills entgeisterten Gesichtsausdruck ignoriert der Meister.

„Dort wollen wir aber nicht hin … Und nun schnell, wir müssen raus hier!"

Will schnappt sich die Karte und im selben Moment erlischt die Kerze, die auf dem Sekretär steht. Es wird stockfinster im Raum.

„Zufall?", fragt Will und zieht die Augenbrauen vor Schreck in die Höhe, wie ein Bauer, der gerade realisiert, dass ihm ein Silberstück fehlt, um die neue Sense zu kaufen. Oder wie bei einem Bissen in einen versalzenen Laib Brot. Oder noch besser: Der Blick, den man im Anschluss über die Schulter auf den Steinofen wirft, in dem bereits Mengen dieses Brotteigs im Begriff sind aufzugehen.

„Eher nicht", sagt Älos.

Die anderen, die draußen vor der Tür stehen, haben gemerkt, dass die Kerze erloschen ist.

„Älos, Will, beeilt euch!", ruft Rebecka.

Die beiden laufen los, wollen im Sprint die wenigen Meter zur Tür zurücklegen, doch das scheint dem Haus nicht zu gefallen: Der Boden rumort und fängt an zu zittern. Älos und Will fallen vornüber auf die Nasen.

„Was ist das denn?", ruft Will schockiert.

Darvon will schon zur Hilfe kommen, wird jedoch von

El Artren zurückgehalten.

„Warte noch. Riskiere das nicht! Wir wollen doch nicht, dass der Boden auch dich umhaut!", mahnt El Artren.

Der Boden im Schlafzimmer verformt sich, wölbt sich, wächst empor: Wände erscheinen und versperren Will und Älos die Sicht auf die Zimmertür.

„Will!", ruft Älos ihm zu.

„Ja, Meister!", antwortet dieser.

„Will, hörst du mich?"

„JA, Meister!"

„Das ist gut! Wir müssen fliegen! Du hast es noch nicht oft geübt, aber nur so können wir uns hier durch-manövrieren", ruft Älos.

„Aber Meister …"

„Will, uns bleibt keine Zeit!"

„Also gut. Versuchen wir es!"

Die beiden fassen sich an den Händen und rezitieren gemeinsam die Zauberformel.

„*Tiwaz Raidho Ansuz Gebo Ehwaz Naudhiz …*", beginnen sie.

„Beeilt euch", ruft Adria verzweifelt. Die stetig wachsenden Mauern verdecken nun die Sicht auf Adria und nur das obere Ende der Tür lässt sich noch über die Mauer hinweg erahnen.

„*… Dagaz Ehwaz Sowilo Kenaz Hagalaz Wunjo …*", eine hellblauweiße Aura erleuchtet um sie herum.

„Will!", schreit Adria.

„*… Isa Naudhiz Gebo Ehwaz Naudhiz!*"

Die beiden heben vom Boden ab. Weiße Flügel aus Wind und Licht wachsen ihnen auf dem Rücken und sie sausen los. Sie versuchen sich durch die Wände zu manövrieren, die immer wieder versuchen, die beiden einzukesseln. Links, rechts, drüber, drunter … Sie entfernen sich etwas von der Tür. Dann, es sind vielleicht noch sechs Meter, verkündet ein Knarzen, dass die Tür sich langsam schließt.

„Adria!", ruft Will.

Sie fliegen nach rechts, umfliegen eine der wachsenden Mauern und steuern wieder in Türrichtung. Doch es wird knapp, zu knapp ...

Wills Gesichtszüge werden gelassener, als er erkennt, dass sie es nicht mehr schaffen. Er zieht im Flug die Karte des Irrgartens aus der Tasche seiner Lederjacke.

„Ihr schafft das schon!", ruft Will den anderen zu.

Die anderen drücken mit aller Kraft gegen die Tür, um sie offen zu halten, doch die Magier sind kein Hindernis. Für Zaubersprüche ist keine Zeit mehr. In dem Moment wirft Will die Karte, sie fliegt gerade so an einer wachsenden Mauer vorbei durch die Tür und landet auf der anderen Seite in Arnts Händen.

Das Letzte, was die acht Magier von Will und Älos sehen, ist, wie sie von den Mauern des Hauses verschlungen werden. Das Letzte, was Adria von Will sieht, ist sein Lächeln und wie er seine linke Hand nach seinen Freunden ausstreckt. Dann schlägt die Tür mit einem lauten Knall zu, für lange, lange Zeit.

Kapitel 8

In dem Moment, in dem die rechte Türe sich schließt, öffnet sich die, die geradeaus in den Irrgarten führt.

„Älos wusste, dass etwas passieren würde. Er wusste, was er tun muss, damit sich diese verdammte Tür in den Irrgarten öffnet!", spricht Darvon mit gebrochener Stimme. „Nur deswegen sind sie gegangen! Nur deswegen!"

Die anderen machen betrübte Gesichter.

„Diese scheiß Tür!", brüllt Darvon und donnert mehrmals mit der Faust dagegen. Dann versucht er die Tür einzutreten, doch sie ist verschlossen und gibt keinen Spalt breit nach.

„Verdammt!"

Dass er seine Gefühle am wenigsten zügeln kann, liegt daran, dass Älos Darvons alter Meister war. Älos bildete ihn aus, um seinen Platz einzunehmen, wenn er älter wird. Doch Älos war mehr als nur ein Meister. Er war für Darvon wie ein zweiter Vater.

Erea kommt zu Darvon und schließt ihn in ihre Arme.

„Ist ja gut", sagt sie, „sie leben sicher noch, alles gut …"

Darvon erwidert die Umarmung und nickt schniefend. Adria hockt unterdes auf ihren Knien vor der verschlossenen Tür und weint leise.

„Ich hätte ihn davon abhalten sollen", flüstert sie. „Es ist meine Schuld!"

Ariagon steht neben ihr und hört ihr Wimmern: „Unsinn. Das Haus ist schuld. Du hast damit nichts zu tun."

Er legt ihr seinen Arm auf die rechte Schulter: „Adria,

schau mich an."

Widerwillig blickt sie hoch.

„Will lebt. Hörst du? Er lebt und Älos auch, ja?"

„Ja, in Ordnung", sagt sie und wischt sich mit ihrem Ärmel die Tränen aus dem Gesicht.

„Dann komm, steh auf …", sagt er und hilft ihr hoch.

Währenddessen umarmt Rebecka den erinnerungslosen Magier und hat ihren Kopf an seine Brust gedrückt. Doch Richard scheint das alles gewaltig wenig zu kümmern. Sie waren da. Er kannte sie nicht, oder vielleicht doch … und jetzt sind sie weg.

Dann durchbricht Arnt die Stille, die grade entstanden ist: „Wir haben die Karte. Wir machen es, wie Älos es geplant hat. Unser Ziel ist die Mitte des Irrgartens, das Portal. Wenn Älos und Will noch leben, dann werden sie versuchen, irgendwie dorthin zu gelangen."

„Gut", sagt Adria und wischt sich ihre Tränen fort. Mit geballten Fäusten und gestreckter Brust erhebt sie sich. „Gehen wir sie suchen!"

„Los geht's!", sagt Darvon entschlossen. Seine Stimme bebt vor unterdrückter Wut.

Sie verlassen Rakomir und betreten eine neue Dimension. *Den Irrgarten.*

…

Die acht Magier ersten Ranges treten durch die Holztür und laufen in eine uneinsehbare Schwärze. Als Richard als Letzter durch die Tür kommt, knallt sie hinter ihm von alleine zu. Es ist weder Türrahmen noch Wand zu erkennen, so dunkel ist es. Dann jedoch entzünden sich Fackeln an den Wänden links und rechts von ihnen. Die Magier stehen auf einem langen und breiten Gang. Man hört, wie sich mit dem Erscheinen der Magier auch in den naheliegenden Gängen flackernd die Fackeln entzünden. Die Tür, durch die sie getreten sind, ist verschwunden. Anstelle der Tür setzt sich hinter ihnen der breite Gang fort.

Der Irrgarten erwacht. Das Spiel beginnt.

Die Freunde sehen sich in Ruhe um: Der Boden ist gepflastert. Auf beiden Seiten des Weges befinden sich leere Verliese, nur etwas Stroh und Knochen liegen auf dem Boden verteilt. Die Gitterstäbe sind mehr Rost als Stahl.

„Die Reise war beschwerlich, doch das eigentliche Abenteuer liegt noch vor uns", sagt Darvon.

„Ja", stimmt Arnt ihm zu und nimmt die Karte des Irrgartens, die Will ihm zugeworfen hat, aus einer der Taschen seines Rauledermantels. Auf der Karte leuchten einige blaue Punkte und noch sehr viel mehr rote Punkte auf. Arnt hebt erstaunt die Augenbrauen.

„Freunde, kommt mal her, seht euch das an!", sagt er.

Die Magier kommen herbeigeeilt und studieren die leuchtenden Punkte.

„Sag mir bitte nicht, dass die roten Punkte das zeigen, was ich glaube", sagt Erea. „Sind das alles …"

„… Monster", bestätigt Richard ihren Verdacht und mustert die Karte mit zusammengekniffenen Augen. „Die blauen Punkte sind dann wohl wir."

Doch dann werden die Punkte schwächer und verschwinden.

„Nicht wirklich, oder?" Arnt stopft das Pergamentstück verstimmt zurück in seine Manteltasche, holt es dann aber wieder hervor.

„Wenigstens wissen wir nun, wo wir sind", bemerkt El Artren nüchtern.

Da ist er wieder: Der vorsichtige Optimismus, der El Artren eigen ist. Vom klassisch-hochnäsig (Hoch-) Albischen keine Spur! Der Leser/ die Leserin möge es mir verzeihen, ich bin durchaus nicht rassistisch. Aber kulturell bewandert. Und meine Begegnungen mit Alben fielen, wie ich zu meinem Bedauern kundtun muss, selten gut aus.

„Hier lang", sagt Arnt, nachdem er mit dem Zeigefinger mehrere Wege nachgezeichnet und sich scheinbar für einen entschieden hat. Er schreitet voraus und die anderen folgen ihm.

„Aber seid nicht zu laut", mahnt Arnt.

Ein Brüllen und Kreischen durchzieht die ewige, sternlose Nacht dieser Dimension. Die schwarzen Flügel, die das Dunkel teilen, lassen sich nur erahnen.

„Es ist ein Schattendrache", flüstert Erea. „Eine unwahrscheinlich mächtige Kreatur!"

Der Drache fliegt weit über ihren Köpfen und scheint sie nicht zu bemerken. Dann hebt er sich mit einem gewaltigen Flügelschlag höher in die Lüfte und verschwindet im rabenschwarzen Himmel. Die Magier des Ordens atmen erleichtert aus.

„Furchterregend!", befindet Adria.

„Lachhaft", grummelt Richard. Als sie ihren Weg fortsetzen, wirft Arnt seinem Bruder einen prüfenden Blick zu. Arnt biegt nach links ab und folgt dem Weg dann eine ganze Weile lang gerade aus. Links führen große Wege ab, die anscheinend parallel zu dem Weg verlaufen, auf dem sie erschienen sind. Als sie an die große Abzweigung gelangen, die auf der Karte zu sehen ist, sind sie besonders wachsam. Die Nerven aller liegen blank. Es ist zu ruhig. Bloß Richard belächelt die besorgten Gesichter seiner Kameraden.

Dann durchfährt ein Brüllen die Stille, das laut widerhallt.

„Ich sehe nach", erklärt El Artren sich bereit. Als er sich vorsichtig nähert und um die Ecke lugt, erblickt er drei große umherirrende Kreaturen. Sie laufen auf zwei Beinen und haben vier Arme. Ihre roten Augen blicken zornig. Das weiße Fell dieser Wesen, die eine Schulterhöhe von geschätzt zwei Mann haben, ist mit Schlammbrocken verklebt. Das eine schnüffelt mit der Nase, die auf einem affenähnlichen Gesicht sitzt, in der Gegend herum und lässt dabei schnaubende Laute ertönen.

„Vierarmige Müffler", flüstert El Artren und hebt drei

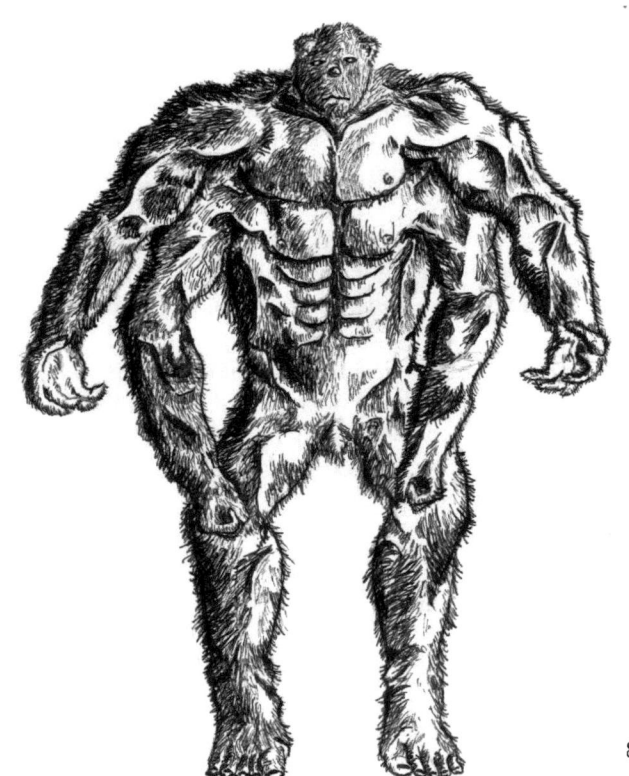

Finger. Dann winkt er die anderen zu sich. Als Erea die Biester erblickt, macht sie eine angewiderte Miene.

„Können sie uns etwa riechen?", staunt sie.

„*Pscht!*", macht Richard. „Ich erledige das."

„Warte, bist du wahnsinnig?", fragt Arnt. „Wir machen das zusammen!"

„Ich habe keinen Wert für euch. Es ist doch so: Ich weiß nicht, wer ihr alle seid. Ich kenne euch nicht. Der, der ich jetzt bin, ist kein Anführer. Also macht, was ihr wollt. Ich will jetzt etwas Spaß haben …"

„Nein, mit dem ersten Punkt liegst du bereits grundsätzlich falsch. Wir planen den Angriff. Vorerst aber: Fühlen sich alle körperlich in der Verfassung zu kämpfen?", fragt Arnt. Die Magier nicken.

„Gut. Dann machen wir es so: Erea, Adria, Darvon, ihr lenkt die Monster ab und startet den ersten Angriff", erklärt Arnt. „Kurz darauf, wenn sie abgelenkt sind, kommen die anderen. Richard und ich gehen in den Nahkampf, da wir mit unseren legendären Waffen ausgerüstet sind."

„Einverstanden", sagt Adria. Bevor es losgeht, wirft Arnt Richard noch einen vielsagenden Blick zu, der wohl so viel heißen soll wie: *Zügle dein Gemüt!*

Erea, Adria und Darvon stürmen hinaus auf die Kreuzung und auf die Monster zu. Die Müffler drehen sich zu ihnen um, schnauben und rasen ihnen mit ohrenbetäubendem Brüllen entgegen. Dabei reißen sie ihr Maul astronomisch weit auf und spucken Geifer in dicken Fäden.

„UUUGGAAAAH!"

Die drei Magier sprechen hastig Zauberformeln. Erea beendet ihre als erste und formt in ihren Händen eine Kugel dunkler Materie. Violette Blitze umströmen sie.

Die junge Magierin holt tief Luft, holt aus und wirft die Kugel auf einen der Müffler. Der vorderste der drei wird von der Kugel mitten in den Bauch getroffen. Sie explodiert und bringt das Wesen zu Fall.

„Gut gemacht, Erea!", ruft Adria. Doch die anderen zwei Müffler laufen unbeirrt weiter, während sich der Getroffene schon wieder erhebt.

„Ich bin dran!", beschließt Adria und spricht eine Zauberformel. Dann öffnet sie ihre Trinkflasche und lässt das Wasser hinausschießen. Es formt sich zu länglichen Gebilden und gefriert rasch zu Eis. Im nächsten Moment sausen die Eiszapfen Armbrustbolzen gleich auf die Müffler zu.

„Ich helfe dir!", sagt Darvon und beschwört einen Wind, der den Flug der Eispfeile beschleunigt und sie präzise auf die drei Monster lenkt. Das Monster, das bereits von Ereas Schattenkugel getroffen wurde, kann dem Eispfeil ausweichen, indem es sich zur Seite wirft. Die anderen beiden Müffler werden getroffen. Der eine Pfeil zersplittert, als er auf die Brust des Müfflers trifft, der zweite bohrt sich in den Arm des anderen. Beide jaulen auf, als sie getroffen werden. Der, der vom zersplitterten Pfeil getroffen wurde nutzt nun die Möglichkeit, sich auf Erea zu stürzen.

„Jetzt!", ruft Arnt.

In dem Moment treten die anderen Magier aus dem Schatten und laufen hinaus auf die Kreuzung. Arnt springt mit seiner legendären Waffe, dem knöchernen Kampfstab, auf den vierarmigen Müffler zu und donnert ihm das Stilende gegen den Kehlkopf. Das Monster bricht augenblicklich zusammen. Den finalen Stoß vollbringt Richard. Christak bohrt sich durch den Schädel des Ungetüms, dessen mächtige Lungen einen nach faulen Eiern stinkenden Atem entweichen lassen.

„Die Felle dieser Monster sind wertvoll", bemerkt Arnt und nähert sich der erlegten Bestie.

„Es gehört dir", bietet Richard ihm an, schneidet ein großzügiges Fell aus dem Rücken, rollt es zusammen und überreicht es Arnt.

„Hmm… ich habe bloß schon meinen Rauledermantel. Erea! Hier, du kannst es haben", ruft Arnt und läuft zu ihr.

„Bist du verrückt?", wirft sie ihm vor, „das stinkt nach totem Müffler! Außerdem steht mir weiß nicht!"

„Also gut, dann pack ich ihn eben in meinen Rucksack!", beschließt Arnt und kramt fröhlich pfeifend in seinen Sachen.

Während die Magier so vor sich hin plaudern und überlegen, was sie mit dem Fell tun wollen, begibt sich der zweite Müffler auf Kollisionskurs.

„*Berkana Ehwaz Berkana Ehwaz!*", spricht Ariagon und bringt die Erde unter dem Müffler zum Beben. Das Monster versucht vergeblich Gleichgewicht zu finden und stürzt zu Boden. Schon ist Richard zur Stelle und rammt ihm das Schwert durch den Unterleib.

„Meiner", sagt er und grinst schief. Doch in dem Moment reißt der Müffler einen seiner langen Arme herum und donnert seine Faust gegen Richards Brust, der weggeschleudert wird und einige Meter weiter auf dem Boden landet.

„Uh!", stöhnt er und schnappt nach Luft. Als er sich aufrichtet, macht sich ein zuckender Schmerz in seinem Körper breit. Vermutlich sind ein paar Rippen gebrochen. Sein Schwert liegt neben ihm. Zittrig kommt er auf die Beine, greift Christak und stützt sich mit einer blutenden, aufgeschürften Hand auf dem Schwert ab. Als er den Blick hebt, sieht er, wie das

Monster an den Blutungen stirbt und zuletzt reglos liegen bleibt.

Der letzte Müffler klopft mit den vier Armen rhythmisch auf seine vier Brüste und rennt dann auf allen sechsen in Rebeckas Richtung. Sie hebt ihre Hände und beginnt einen Zauber zu sprechen.

„Fehu Ehwaz Uruz Ehwaz Raidho!", ruft sie und aus ihren Händen sprießen dem Monster Flammen entgegen. Sein Fell fängt Feuer. Ziellos schlägt es in dem Inferno um sich. Doch der Müffler besinnt sich – erhitztem Gemüt wie Lebensumstand zum Trotz – und setzt seinen Angriff fort.

„UGGAAH!", brüllt er todesmutig.

„Sowilo Tiwaz Raidho Ansuz Hagalaz Laguz Ehwaz", ruft El Artren, als der Müffler nicht anhält. Da verfärben sich die Flammen weiß und wachsen auf das doppelte ihrer Größe. Um ihre Augen vor dem grellen Licht zu schützen, heben die Magier ihre Arme vors Gesicht. Als das Leuchten geschwunden ist, ist auch das Monster fort und auf dem Boden liegt nur noch ein Skelett mit dem Fell des Müfflers darauf. El Artren geht fünf Schritte zum Fell, legt es sich über die Schulter und streicht sachte mit der Hand darüber.

„Etwas kalt hier", sagt er und hebt eine Augenbraue.

„Yeeeaaahh!", ruft Erea.

„Götter!", erschreckt sich El Artren. „Welcher Gnom tanzt denn in *deinem* Kopf?"

„Es gibt einfach keinen Alben mit mehr Stil!", sagt Erea und lacht.

„Ein Halbalb, wenn ich bitten darf", korrigiert El Artren.

„Denen haben wir ordentlich eingeheizt", merkt Arnt an und lächelt. Nur Adria und Darvon lassen sich von Arnts Zuversicht nicht anstecken.

„Moment", sagt Rebecka und dreht sich hektisch um. Im Eifer des Gefechts hat keiner darauf geachtet, ob Richard bereits wieder auf den Beinen ist.

„Richard?", ruft sie.

„Ja, warte", hört man eine schwache Stimme sagen, auf die ein paar Huster folgen. Richard humpelt heran. Er stützt sich auf Christak, um nicht zu stürzen. Seine Arme sind aufgeschürft und das rohe Fleisch glänzt im schwachen Schein der Fackeln, die an den Wänden hängen.

„Richard, was ...?", setzt Rebecka an.

Arnt kommt bereits herangeeilt und spricht einige Formeln zur Heilung. Erleichtert atmet Richard auf, als der Effekt des Zaubers eintritt.

„Du musst vorsichtiger sein, Richard. Dieser Zauber, ohne Kräuter oder Pflanzen, kostet sehr viel astrale Kraft, besonders bei so starken Verletzungen. Ich kann das nicht zu oft machen."

„Das war leichtsinnig von dir", befindet Rebecka. Richards blutverklebte weiße Haare zittern etwas in der lauen Brise, die durch den Gang weht.

„Das nächste Monster ist nicht weit", sagt er und grinst. „Ich kann es riechen." Die Schmerzen hat er bereits vergessen.

Kapitel 9

Die Mauern waren wie Wellen und Älos und Will waren das Schiff im Sturm mit einem Loch im Rumpf. Untergehen war die einzige Option. Älos Planungen schwirren wie ein Herbststurm durch seinen Kopf:

Richard sprang ab und zu durch ein Portal nach Ny-Azh-Naduur und hat die Bücher über den Irrgarten aus der geheimen Abteilung der Bibliothek Calabras mitgebracht. Das war einen Tag, nachdem der Bote Calabra erreicht hatte. Ich konnte einen Großteil der geheimen Schriften entziffern und herausfinden, wie man an die Karten kommt und dass das Zimmer versuchen würde, uns in eine Falle zu locken. Doch ich hatte erwartet, dass wir es schaffen würden! Ich beschloss, Will mitzunehmen, sodass ich ihn bei mir in Sicherheit wüsste, denn eines hatten meine Forschungen in dieser Woche ergeben: Das Zimmer führt nicht in den Tod ...

Sie fallen immer noch.

In den Schriften hieß es, das Zimmer würde uns, sollten wir verschlungen werden, in das Labyrinth bringen. Es würde uns nicht irgendwo hinschicken, sondern an einen schwarzen See. Ob dies wirklich stimmt, konnte ich nur leider nicht mit Gewissheit sagen. Deshalb behielt ich es vorerst für mich und erzählte nur Richard davon und später, als wir aus Ny-Azh-Naduur flohen, auch Will. Ich konnte den armen Jungen ja nicht komplett im Dunklen tappen lassen. Er ist ja so schon schwer von Begriff.

Ich stellte bereits zu dem Zeitpunkt klar, als ich Richard davon erzählte, dass ich vorhatte, die

Zimmerfalle mit Will zu betreten. Trotz Richards Gedächtnisverlust hielt ich daran fest. Nur hatte ich geplant, der Falle zu entkommen, um nicht von den anderen getrennt zu werden. Was man nicht alles plant!
Sie fallen immer noch.
Tja, blöd gelaufen, was?
Sie nähern sich einer schwarzen Pfütze – Nein. Keine Pfütze, ein See. Ein schwarzer See.

„Will!", ruft Älos.

„Ja!", ruft Will zurück. Sie kommen dem See immer näher. Älos Haare wirbeln in dem ihm entgegen-wehenden Wind und die Kleidung von beiden flattert wild umher.

„Will, hörst du mich?", ruft Älos etwas lauter.

„Jaaa, Meister!", ruft Will zurück.

„Will?"

„Ja, verdammt!"

„Wir müssen den Sturz verlangsamen! Versuch dich auf dem uns entgegenkommenden Wind an den Rand des Sees …!", ruft Älos.

„Was sagt Ihr, Meister?"

„An den Rand … an den Rand des Sees tragen zu lassen! Lande auf dem See!"

„Verstanden, Meister!"

Die beiden fassen sich an den Händen und murmeln einen kurzen Zauberspruch. Der Sturz verlangsamt sich als ihnen ein kräftiger Wirbelsturm entgegenweht. Dann schließen sie die Augen, halten die Luft an und tauchen ein.

Es ist weniger Wasser, mehr eine dickflüssige, schwarze Substanz. Mit großer Mühe strampeln sich Will und Älos zurück an die Oberfläche und tauchen schwer atmend auf.

„Was ist das denn für eine Sympeldrexsoße?", beklagt

sich Will keuchend.

„Bei Artific!", klagt Älos den Gott der Kreativität an. „Was hast du dir hierbei bloß gedacht?"

Es dauert lange, bis sie das kurze Stück zum Ufer überwunden haben. Sie sind unbeschadet, doch von oben bis unten mit schwarzem Schleim bedeckt.

„Geschafft." Will stöhnt und lässt sich auf seine vier Buchstaben fallen.

Älos inspiziert bereits die nähere Umgebung: Den See umgibt eine hohe Mauer. In diese sind vier gusseiserne Tore eingelassen, eines für jede Himmelsrichtung. Dichter Efeu hängt von den Mauern herab und verdeckt die Tore zu großen Teilen, sodass man den Irrgarten dahinter nur erahnen kann.

„Wartet mal …", wundert sich Will, als er sich abtastet. „Was ist?"

„Mein Schwert …", wundert sich Will und fasst sich an die linke Taillenseite.

„Wahrscheinlich ist es im See aus der Scheide gerutscht", vermutet Älos.

„Mist!"

„Es war sowieso kein besonders gutes. Mit etwas Glück finden wir bald etwas Besseres für dich."

„Ich hoffe, Meister. Wir haben nur ein Problem … die Karte fehlt. Die Informationen über die Monster sind zwar hilfreich, aber ohne Karte wissen wir nicht, wo wir hinmüssen."

„Lektion zwei", entgegnet der Meister, „behalte immer deine Umgebung im Auge. Hast du dich mal umgeschaut, als wir gefallen sind, Will?"

„Nein, Meister."

„Hättest du es getan, hättest du von Weitem das Portal sehen können, dass uns hier rausbringt."

„Habt Ihr Euch die Richtung gemerkt?"

„Ich werde wahrscheinlich nach einiger Zeit die Orientierung verlieren. Da der Sturz etwas länger andauerte, konnte ich mir den Anfang des Weges, den wir gehen müssen, einprägen. Wir müssen es nur zum Durchgang, der in den inneren Ring führt, schaffen. Die anderen werden dort höchstwahrscheinlich auch durchkommen."

„Höchstwahrscheinlich?"

„Ja, es gibt drei weitere Wege zum inneren Bereich. Da wir den Irrgarten aber ziemlich zeitgleich betreten haben, nur auf unterschiedliche Weise, werden wir wohl auch nicht so weit voneinander entfernt gelandet sein."

„Das hört sich alles sehr vage an, Meister."

„Hast du einen besseren Plan?"

„Nein …"

„Dann meckere nicht und sei etwas produktiver. Wie viel hast du noch von dem Reiseproviant, den wir in Ny-Azh-Naduur eingepackt haben?"

„Wenn wir es streng rationieren, sollte es noch für etwa eine Woche reichen."

„Das ist gut, hoffentlich nicht zu wenig. Wir müssen hier lang." Älos deutet auf ein mit goldenen Knotenmustern verziertes Tor.

„Gut, auf geht´s!", stimmt Will zu. „Meister, warum hat Richard eigentlich noch keinen Kontakt zu uns aufgenommen? Er könnte uns doch eine Gedankenbotschaft schicken!"

Älos geht sich dreimal durch seinen Bart. Dann antwortet er: „Nein. Soweit ich weiß, kann man innerhalb des schwarzen Hauses Magie dieser Art nicht wirken. Doch lass uns nun in Richtung der großen Ringmauer gehen. Unsere Freunde tun das gewiss auch."

„Aber …"

„Schweige, Schwertloser. Und nun folge mir leise!"

„Ist ja gut, Meister …"

Kapitel 10

Richard behält Recht. An der nächsten Kreuzung lauert bereits die nächste Kreatur.

„Ein Cellus", erkennt Erea, als sie das Biest sieht. „Eine ausdauernde Kreatur mit starkem Angriff."

Das große schwebende Auge umgeben Tentakel, die aufgeregt zucken. Richard geht den anderen voraus und hält Christak mit beiden Händen.

„Was … was macht Richard da? Sieht er das Monster etwa nicht?", wundert sich Rebecka.

Er hat sich dem Cellus auf wenige Schritte genähert und das Auge mustert ihn intensiv. Im nächsten Moment fällt Arnt, der hinter Richard lief, zu Boden.

„Bei allen sieben Göttern …!" Arnt rappelt sich hoch und betastet vor sich eine unsichtbare Barriere. Rebecka kommt herangeeilt und klopft dagegen. „Was ist das? Richard!", ruft sie.

„Die Worte scheinen nicht zu ihm durchzudringen", stellt El Artren fest und legt nachdenklich Zeigefinger und Daumen ans Kinn.

„Leute?", fragt Richard und dreht sich zu den anderen um. Ihre Leidenschaft fürs Pantomimische ist Richard neu.

„Was hält euch fern?", fragt er und runzelt die Stirn. Rebecka bildet mit ihren Händen einen

Trichter, ruft irgendetwas und deutet dann mit der linken Hand auf das Monster, dem Richard den Rücken zugewandt hat. Richard dreht sich wieder zu dem Cellus um und wird in der nächsten Sekunde von einem großen Tentakel zu Boden gerissen.

„Was ist das für ein Zauber?", fragt sich El Artren, als Richard zu Boden geht.

„Er kann uns nicht hören", merkt Ariagon an, „und konnte den Cellus bis jetzt wohl auch nicht sehen."

Richard steht schnell wieder auf, sein Schwert noch immer fest umschlossen. Er sieht das Biest nun und das gewaltige Auge.

„Ja, du hast Angst, Monster. Du stinkst förmlich danach!"

Dann senkt Richard den Kopf. Sein weißes Haar verdeckt seine grauen Augen. Ein Lächeln umspielt seine Lippen.

Dann stürmt er nach vorne und holt mit Christak nach dem Auge aus. Der Cellus pariert das Schwert mit einem Tentakel an der Breitseite und zielt mit einem anderen Tentakel auf Richards Rücken.

Blitzschnell dreht sich Richard wieder um, pariert mit dem Schwert den auf ihn zukommenden Tentakel und durchtrennt ihn sauber. Das Monster kreischt einen hohen Ton, obwohl es keinen Mund besitzt.

„Angeblich hat der Cellus eine besondere Fähigkeit", sagt Darvon von hinter der Barriere. „Es heißt, er könne seine Stärke steigern, nachdem er einen gewissen Grad an Schaden erlitten hat."

„Ja, ich habe auch etwas in der Art gehört", erinnert sich El Artren. Dann hört man ein *Pflop*. Neben El Artrens Kopf steckt ein schwarzer Pfeil in der unsichtbaren Barriere. Die anderen zucken zurück. El

Artren rührt sich keinen Millimeter. Dann dreht er sich langsam in die Richtung, aus der der Schuss kam. Dort stehen vier menschliche Skelette, verlebendigt durch fremden Zauber, jedes mit Dolchen bewaffnet. Zwei von ihnen haben einen Bogen auf den Rücken geschnallt. Sie stürzen sich auf die Magier und der Kampf bricht los.

Währenddessen ist Richard in einen rasanten Schlagaustausch verwickelt, bis der Cellus ein weiteres Mal einen Treffer am Bauch landet und Richard auf die Knie fällt.

„Scheiße!", flucht er und die Spucke rinnt ihm übers Kinn, während er versucht, Luft zu bekommen. Es bietet sich ihm keine Möglichkeit, um aufzustehen, denn er wird bereits von zwei Tentakeln, die sich um seine Oberarme schlingen, in die Luft gehoben. Sein Schwert fällt ihm aus der Hand, als die Tentakel sich um seinen Körper wickeln, um Unterarme, Beine und auch um den Hals.

„Ich habe keine Angst", sagt er und wendet seinen Blick wieder dem Auge zu. Die Adern, die die Iris des Cellus einrahmen, pulsieren.

„Ich bin leer."

Die Tentakel des Monsters lösen sich auf. Sie verdampfen und ein stechend süßer Geruch strömt aus den Wunden. Richard fällt zu Boden und greift nach seinem Schwert. Er hat wohl mit Magie die Tentakel verschwinden lassen, aber ... ohne Zauberspruch? Er weiß ja von nichtrakomirischen Zaubersprüchen, die nur wenige Worte erfordern, aber ein Zauberspruch so ganz ohne Spruch?

Das Monster brüllt zornig und beginnt sich zu verändern: Die violette Pupille platzt und im Augapfel erscheint ein Maul bestückt mit rasiermesserscharfen Reißzähnen. Die Laute, die dieses Maul von sich gibt, sind deutlich tiefer, mächtiger, urtümlicher.

„Jetzt sehe ich, wie du wirklich bist", sagt Richard. Das Monster stürzt sich auf ihn und schnappt nach seinem Kopf. Richard hält Christak dagegen, sodass das Monster die gezackte Kristallklinge zu schmecken bekommt. Doch es spuckt das Schwert nicht aus, weit gefehlt! Es übt Druck auf die Klinge aus und Richard muss mit aller Kraft dagegenhalten um nicht samt Schwert verschlungen zu werden.

„Herren Götter!", presst Richard hervor und beißt die Zähne zusammen. Zu seinem Glück hat Christak, genau wie der Cellus, einen eigenen Trumpf:

In der nächsten Sekunde sticht Richard sein Schwert durch das Maul, das aus der geplatzten Pupille ragt. Dampf strömt aus der Schnittstelle. Das Auge und die Tentakel schmelzen zu einer dickflüssigen Substanz, die zu Boden platscht, während der Todesschrei des Cellus noch lange im Gang widerhallt. Richard fällt auf die Knie.

„Keine Chance", sagt er und bemerkt etwas Seltsames in der dickflüssigen Pampe, die der Cellus zurückgelassen hat. Es ist eine Phiole! Die Arme und Beine schmerzen ihm, als er sich bückt, um die Phiole zu greifen. Er steckt sie sich in eine Innentasche seines Rauledermantels. Erst jetzt bemerkt er, dass seine Beine etwas zittern. Was gerade passiert ist, kann niemand verstehen, außer jenen, die Christaks Fähigkeit kennen.

„Bruder!", ruft Arnt. Die Magier kommen herangeeilt.

„Du hast es geschafft", sagt Rebecka, legt ihm eine Hand auf die Schulter und hockt sich vor ihm auf die

Knie.

„Das habe ich wohl", sagt er und grinst.

Ihr Lächeln ist so warm, denkt Richard für sich und fühlt einen kurzen Moment lang eine ersehnte Wärme. Doch der Gedanke verwirrt ihn und er verwirft ihn sofort wieder.

„Wie geht es euch?", fragt er.

„Gut soweit", erklärt Ariagon. „Wir konnten zwei Schattenbögen an uns nehmen, die anderen zerfielen zu Staub, kaum, dass wir sie berührten. Es wäre ratsam, sie den Bogenschützen von Kyz zu überlassen, sobald wir dem Haus entkommen sind. Von den beiden anderen Skeletten sind nur zwei Schädel mit einem Rubinauge übriggeblieben. Unnötiger Ballast."

Etwas abseits von ihnen sieht man die Überreste der Skelette: Knochenhaufen gekrönt von zwei Schädeln.

„Ich nehme sie gerne!", sagt Erea grinsend, springt zu den Überresten und steckt sich die Artefakte ein.

„Eine gute Idee, das mit den Bogenschützen der Insel Kyz meine ich", pflichtet El Artren bei. „Ny-Azh-Naduur sollten wir keine unserer hier gewonnenen Artefakte überlassen. Simba Sarios ist unberechenbar. Wenn wir gestärkt aus dieser Sache hervorgehen, hat er hoffentlich keinen Grund, uns in den Rücken zu fallen."

„Die Ritter des dunklen Bundes lässt er ja bereits in seine Stadt, zwar von seinen Kriegern bewacht, aber dennoch … Mittlerweile ist es ja so: Er tut gerade so viel, dass er nicht gegen das Drei-Städte-Bündnis verstößt", bemerkt Darvon.

„Das Drei-Städte-Bündnis?", hakt Richard nach.

„Nachdem Nizedir Crime dem alten König Patchel den Kopf abschlug, legte sich ein Schatten über Rakomir", holt Ariagon aus und sein Blick senkt sich. „Ein

Schatten, der sich in die Herzen der Menschen frisst, ihnen die Hoffnung raubt … oder sie in das Böse verwandelt, das sie schworen, zu vernichten. Nizedir Crime eroberte Fürstentum um Fürstentum."

„Als nur noch drei Städte übrig waren, beschlossen diese ein Bündnis", fährt El Artren fort. „Eines, das Sicherheit versprach und gegenseitige Unterstützung in Notzeiten. Calabra, Zesna und Ny-Azh-Naduur."

„Es ist ungewiss, wie lange Fürst Sarios sich Nizedirs noch erwehren wird. Bald schon macht er vor ihm die Beine breit." Ariagon macht eine abfällige Geste.

„Er hat Angst", mutmaßt Will.

„Nur der Dumme hat keine Angst im Angesicht des wahrhaft Bösen", gibt Ariagon zu bedenken. „Aber auch jener ist dumm, der sein Handeln durch die Angst bestimmen lässt."

„Hört, hört!", neckt Erea ihn. „Die goldene Rüstung ruht in seinem Inneren!"

„Wir haben jetzt keine Zeit, Richard eine Geschichtsstunde zu geben!", unterbricht Adria die Gespräche und deutet voraus, in Richtung der höchsten aller Mauern, die alle anderen überragt und den inneren Bereich des Labyrinthes von dem äußeren trennt.

„Will und Älos werden höchstwahrscheinlich auf uns beim Durchgang warten, oder wir auf sie. Also dürfen wir keine Zeit verlieren."

„Wir sollten uns sputen", stimmt Darvon ihr zu. Dann wendet er seinen Blick zu Richard. „Kannst du noch? Du musstest einiges einstecken …"

„Nicht der Rede wert", erwidert Richard und zieht seinen linken Mundwinkel spöttisch hoch.

„Was ist eigentlich mit dem Artefakt des Cellus?", erkundigt sich Arnt.

„Eine Phiole. Sie enthält eine durchsichtige Flüssigkeit.

Ich glaube, in den folgenden Kämpfen werde ich besser aufpassen müssen …"

„Noch eine Frage", unterbricht Arnt ihn und legt die Stirn in Falten. „Ich blickte vorhin zu dir rüber. Deine Lippen bewegten sich nicht und trotzdem vollführtest du einen Zauber. Wie hast du das gemacht? Dass die Tentakel des Cellus verdampften, hatte nichts mit Christaks Trumpf zu tun."

Richard zuckt mit den Schultern. „Es war eher Glück, schätze ich mal", denkt er laut.

„Erinnerst du dich an einen Lehrmeister, Richard?", deutet Ariagon an. Richard kratzt sich nachdenklich am Kinn, schüttelt dann aber mit dem Kopf.

„Welchen Lehrmeister denn?", wundert er sich.

„Das klingt nun vielleicht etwas seltsam … Ich spreche von Wizzle. Dem Gott der Magie", eröffnet ihm Ariagon.

„Wie ich bereits sagte, meine Erinnerungen sind fort", versucht Richard begreiflich zu machen. „Aber ein Gott? Warum sollte …"

„Belassen wir es dabei", fällt Arnt ihm ins Wort und hebt aufgeschmissen die Arme.

Zusammen begeben sich die Magier weiter ins Innere dieser Welt, tiefer hinein in die verschachtelten Gänge des Irrgartens, die einem sämtliches Gefühl für Raum und Zeit, für Tag und Nacht nehmen. Nun muss man sich bewusstwerden, wie hoch die Ringmauer ist, die den inneren Bereich des Irrgartens vom sehr viel weitläufigeren, äußeren Teil trennt: Je näher sie dieser Mauer kommen, desto endloser scheint sie in die Höhe zu ragen. Alles am Boden lässt sie hinter sich und verschwindet in den schwarzen Wolkenschwaden. Die Gänge werden mit der Zeit schmaler und die

Octamagier müssen bald schon in einer Reihe weitergehen. Die Fackeln werden rar, der steinerne Grund weicht einer lehmigen Erde. Immer tiefer dringen sie in den Gang vor, der sie fast unmerklich bergab in eine kältere und feuchtere Finsternis führt. Und bevor sie sich versehen, befinden sie sich in einem Erdtunnel.

„Ist das eine zweite Ebene des Labyrinths?", wundert sich Erea. Ratlos werfen die anderen Blicke in die Dunkelheit. Hier gibt es keine Fackeln mehr, sodass nur der fahle Schein von hinter ihnen erkennbar macht, was vor ihnen liegt.

„Wir sollten hier raus", mahnt Ariagon, „irgendetwas fühlt sich hier falsch an. Ich spüre es in der Erde."

Irgendwer oder irgendetwas wirft einen Kieselstein auf seine verdellte Rüstung und ein metallisches *Kling* hallt von den Höhlenwänden wider. Dann: leises Getrippel und ein hinterlistiges Kichern.

„Erea, siehst du was?", fragt Rebecka besorgt, als mehr Gekicher zu hören ist. Erea konzentriert sich und schließt die Augen. Sie müsste in der Dunkelheit besser sehen können als ihre Freunde. Sie fokussiert sich auf die trippelnden Füße, auf das Gekicher … dann spricht sie ein paar knappe Zauberworte und öffnet ihre Augen wieder.

„Ich sehe sie. Kleine, dicke Menschen mit Schweineköpfen", erklärt Erea.

„Wie bitte?", wundert sich Richard.

„Ich kenn die Dinger. Das sind Fettils!", erklärt Ariagon. „Sie leben unterirdisch in Höhlen, zusammen mit Jambas und Maulwürfen, wie viele sind es?"

„Etwa ein Dutzend."

„Nicht gut. Alleine sind sie harmlos, aber in einem Rudel … vor allen Dingen schließen sie sich für gewöhnlich nicht in Rudeln ohne Jambas zusammen. Und hier im Dunkeln kann man sie nicht sehen. Wir sollten raus hier, außer …"

„Außer was, Ariagon?", hakt Arnt nach.

„Hat einer von euch eine Kerze dabei?"

„Wofür brauchen wir bitte jetzt eine Kerze?", wundert sich Erea.

„Sie mögen es, darauf zu kauen."

„Ähm … Sie mögen es, auf Kerzen zu kauen?"

„Jetzt frag nicht so viel, hat einer eine Kerze dabei oder nicht?"

Da fangen die Fettils an energisch zu grunzen.

„Sie kommen näher, Achtung!", warnt Erea. Doch zu spät.

„Aargh!", ruft Adria und fasst sich an ihre Hand, von der Blut tropft.

„Adria, alles in Ordnung?", fragt Darvon besorgt und beugt sich zu ihr.

„Nein, der Finger ist gebrochen, glaube ich", erklärt sie. „Der Fettil hat mir reingebissen."

„Los, kommt!", fordert Darvon sie auf. „Verschwinden wir!"

Sie machen kehrt und laufen den Weg zurück, bis ihnen die ersten Fackeln wieder begegnen.

„Geschafft", sagt Darvon und schnauft erschöpft.

Doch da ertönt gedämpft aus Richtung der Höhle eine hohe piepsige Stimme, die Schlachtrufe zum Besten gibt. Eine große Menge antwortet darauf mit ebensolchen Piepsstimmen.

„Oh, oh … nicht gut", sagt Ariagon.

„Was gibt's?", erkundigt sich Erea.

„Wir sollten laufen", sagt Ariagon. „Wenn ich auf die Geräusche im Boden vertraue", sagt er, hält kurz an und lauscht mit seinem Ohr am Boden den geheimen

Schwingungen unter der Erde. Nach kurzer Zeit hebt Ariagon den Kopf. „Sie nähern sich. Zwei Dutzend, nein, mehr …!"

Die Magier nehmen die Beine in die Hand und eilen Arnt, der mit der Karte voranläuft, nach. Dann werden sie langsamer

„Arnt, was gibt's?", fragt Rebecka.

„Der Weg hier ist ne Sackgasse. Alle Wege, die von ihm abführen, enden."

„Toll manövriert", sagt Erea, „dann sollten wir uns bereit machen zum Kämpfen."

„Richard, du ruhst dich erstmal aus, die anderen schaffen das schon so", sagt Arnt.

„Aber …"

„Keine Widerrede. Ariagon, kannst du nicht eine Schutzmauer hochziehen?"

„Könnte ich, aber die Fettils würden sich mit Leichtigkeit durchbuddeln, der Boden hier ist zu erdig!"

„Mist … nun, wir haben keine andere Wahl, nicht wahr?"

„Doch, haben wir", sagt Richard.

„Wie meinst du das?", fragt Arnt

Die Schlachtrufe werden lauter und kurz darauf erscheinen die Fettils am anderen Ende des Weges. Sie rennen wie ein Haufen wild gewordener Hühner über und untereinander her. Auf Adrias Bitte hin geht Arnt mit ihr Beiseite, um ihren Finger zu heilen. Währenddessen begibt sich Richard an vorderste Front.

„Du wirst schon sehen", erwidert er und hebt seine rechte Hand in Richtung der Monster.

„Richard, du hast bereits viel deiner astralen Kraft verbraucht. Du darfst dich nicht überstrapazieren!", ermahnt Rebecka ihn scharf.

Richard senkt indes seinen Kopf und setzt ein schräges Lächeln auf. Er hat sich verändert. Diese Veränderung begann mit dem Durchschreiten des Portals. Sie hat mit dem Verlust seiner Erinnerungen und mit dem Sieg über den Cellus zu tun. Und ihm gefällt diese Veränderung.

„Keine Sorge, ich werde mich nicht überstrapazieren. Ich bin leer. Wie will ich zu viel aus etwas schöpfen, aus dem sich nichts schöpfen lässt? Und aus dem sich doch alles schöpfen lässt!", verkündet er.

„Das ergibt so wenig Sinn wie ein flattriger Quacksalber!", entgegnet Rebecka und hebt aufgeschmissen die Hände.

Richard scheint etwas in der Luft zu greifen und dreht dann seine Hand im Uhrzeigersinn. Das Licht der Fackeln wird schwächer, die Luft kälter. Es fühlt sich an, als hätte die Welt einen letzten Hauch getan, ein Stück ihrer Seele für die stille Leere verpfändet. Den Magiern läuft es eiskalt den Rücken herunter.

Die Hälfte der Fettils zerfällt zu Staub, ebenso wie die Tentakel des Cellus zuvor. Richard schwankt kurz, verbirgt aber seinen Anfall von Schwäche, indem er so tut, als wäre er über einen Stein gestolpert.

„Was in Wizzles Namen …", flüstert Ariagon ehrfürchtig. Die restlichen Fettils erstarren, als sie sehen, mit welcher Leichtigkeit Richard die Hälfte von ihnen ausgelöscht hat. Sie werden langsamer, bis sie schließlich stehen bleiben.

„Haben sie Angst bekommen?", fragt sich Erea.

„Hätte ich auch …", überlegt Will und kratzt sich am Kinn als die Schweinsköpfe Schlachtrufe brüllend und todesmutig ihren Sturm auf Richard fortsetzen. Doch bevor dieser sich gezwungen fühlt einzugreifen, laufen

die anderen Magier an ihm vorbei und begeben sich in den Kampf. Arnt stößt sich mit seinem Kampfstock vom Boden ab und springt in die Fettils, während die anderen Magier ihre Zauberformeln sprechen. Adria sucht unterdes Schutz hinter Richard.
Innerhalb kürzester Zeit sind die Fettils besiegt. Die letzten drei fliehen grunzend in die Höhle.

„Mahlzeit!", ruft Erea und leckt sich die Lippen.Die Fettils geben reichlich Fleisch ab. Richard und Ariagon schneiden mit ihren Schwertern Steaks zurecht. Rebecka braucht das Fleisch dann nur noch in ihrer Hand zu grillen und reicht die Steaks weiter. Die anderen, etwas magereren Fettils hatten als einzige Wertgegenstände Marmeladengläser bei sich. Leere Marmeladengläser, die sie als Helme trugen. Wo diese Biester Marmeladengläser auftreiben konnten, bleibt ungewiss. Jedenfalls ist das Fleisch vorzüglich und es ist genug für alle da.

„Wie hast du das gemacht?", fragt Arnt Richard.
„Was gemacht?"
„Jetzt tu nicht so, als wüsstest du von nichts. Du hast nun schon zum zweiten Mal gezaubert, ohne Zaubersprüche zu verwenden. Den Cellus hast du mit Christaks Fähigkeit den Todesstoß verpasst, aber ich würde jetzt mal gerne wissen, wie du den Rest angestellt hast."
„Es tut mir wirklich leid, Arnt, richtig? Aber ich kann mich nur wiederholen. Ich habe meine Erinnerungen verloren."
„Ja, die hast du verloren", erwidert Arnt angefressen, „aber du hast auch etwas gewonnen. Keiner von uns redet darüber, da du ja doch nichts weißt. Es ergäbe

keinen Sinn, dich mit Fragen zu durchlöchern. Doch insgeheim wissen wir alle, dass etwas passierte, als du durch das Portal geschritten bist. Du bist ein Magier der Leere, du hättest das Portal unversehrt verlassen müssen. Und die Ritter, die du verfolgen wolltest, waren unversehrt, als wir ihnen begegneten."

„Was würdest du denn gerne hören?", fragt Richard verständnislos. „Dass ich froh bin, euch zu sehen? Dass ich mich vielleicht doch noch an irgendetwas erinnere? Was mir passiert ist, nachdem ich in das Portal geschritten bin? Ich erinnere mich nur noch an einige wenige Dinge. An die Leere und an ihre Sprüche. Und was die Ritter angeht, haben sie ja wohl ihre gerechte Strafe erhalten."

Die anderen sind still und geben keinen Ton von sich.

„Ich würde mich ja gerne erinnern, wisst ihr?"

Arnt sitzt an eine Mauer gelehnt und blickt zu Boden. „Und du erinnerst dich sonst an wirklich nichts? Auch nicht an Wizzle, den Gott der astralen Kraft?"

„Nein, noch nie von ihm gehört." Richards Blick huscht kurz zu Rebecka und dann wieder zurück zu Arnt. „Und auch an sonst nichts anderes."

Arnt hat den flüchtigen Blick wahrgenommen.

„Du lügst."

Stille. Man hört nur noch das laute Atmen der anderen. Richard blickt langsam auf und guckt dann Rebecka direkt an.

„Ja", sagt er, „es ist mehr ein Gefühl, aber ich erinnere mich an dich, Rebecka. Auf irgendeine Art und Weise, glaube ich, spüre ich dich."

Rebecka errötet etwas. „An … an mich?", stottert sie.

„Das kann gut sein", sagt Darvon, „immerhin hast du ihn zurückgerufen, Rebecka."

„Nein", entgegnet Richard, „es ist nicht nur das.

Irgendwie … ich … ich weiß auch nicht, es ist noch etwas anderes."

Dann wird es wieder still. Erst nach einigen Minuten ergreift Adria wieder das Wort: „Wir müssen weiter. Wer weiß, ob Will und Älos es zur hohen Mauer schaffen, wenn wir zu acht kaum durchkommen."

„Ja, du hast Recht", sagt El Artren. „Wir haben lange genug Pause gemacht."

Mit gefüllten Wohlstands-Auen begeben sie sich in Richtung der Passage zum Inneren des Labyrinths. Arnt geht mit konzentriertem Blick auf die Karte voraus.

Diesmal laufen wir in keine Sackgasse!, ermahnt er sich selbst.

Kapitel 11

Will und Älos haben gerade einen Kampf gegen einen vierarmigen Müffler hinter sich, dessen Fell jedoch von den unpräzisen Windschnitt-Attacken Wills zerfleddert ist.

„Puuhh", meint Will, „das war ein harter Brocken."

„Ja, das war er", stimmt Älos ihm zu. „Es läuft gut für uns. Wir können uns ungefähr am großen Ring orientieren, der zum Inneren des Labyrinths führt."

„Ja, da habt ihr Recht, Meister", sagt Will und kratzt sich nervös an der Innenseite seines linken Unterarms. Älos bemerkt es sofort.

„Will, was liegt dir auf der Seele?"

„Nun, Meister, wisst ihr vielleicht, was genau mit Richard passiert ist?"

Älos kneift grübelnd die Augen zusammen und legt die Stirn in Falten. „Nun ... es ist nur eine Vermutung."

„Die ist mir genug."

„Gut, also ... Wir suchen uns erstmal einen kleinen Gang, in dem wir eine kurze Pause machen können und wo wir ungestört sind."

Die beiden biegen links in einen schmalen, vielleicht einen Schritt breiten Gang, der von Efeu überwuchert wird.

„Ich nehme an, du wunderst dich, warum er plötzlich so viel älter ist?", fragt Älos leise.

„Ja, Meister."

„Nun gut. Ich und die anderen Magier haben eine Vermutung, was passiert sein könnte. Du kennst doch sicher die Sage um Wizzle, oder?"

„Nein, nicht wirklich ..."

„Wizzle?", fragt Älos verwundert nach. „Noch nie gehört?"

„Ne."

„Größter Magier aller Zeiten, ehemaliger Anführer der 20 Erzmagier von Growell, oberster Gott der astralen Kräfte…"

Will überlegt kurz, kratzt sich am Kinn. Dann macht er ein sich allmählich aufhellendes Gesicht und schnippt lächelnd mit seiner Hand.

„Ich wusste doch, dass du ihn kennen musst!", sagt Älos erleichtert.

„Klingelt nichts bei mir", sagt Will und sein Gesicht hat schlagartig wieder einen stumpfen Ausdruck angenommen.

„Du bist ein hoffnungsloser Fall, Will."

„Sonst wäre ich nicht ich", erwidert Will und grinst.

„Wie ist das nun mit diesem Wizzle?"

Älos geht sich durch den langen Bart bevor er seine Geschichte beginnt.

„Die Legende besagt, dass Wizzle einst in der Gestalt eines Menschen nach Rakomir herabstieg. Im abtrünnigen Zeitalter schuf er die ersten zwanzig Erzmagier mit der Macht, alle Elementarstränge zu kontrollieren. Das schloss auch den fünften, den Geist, mitein, der sich zusammensetzt aus Licht, Finsternis, Natur und Leere."

„Also alle neun Elemente? Es ist doch schon kaum möglich, mehr als ein Element zu nutzen!", entgegnet Will.

„Es gab Magier, die dazu im Stande waren … vor langer Zeit."

„Und Ihr glaubt, Richard sei ein Erzmagier geworden?"

„Bei den Göttern, nein …! Aber angeblich sucht sich Wizzle alle hundert Jahre einen Magier aus, den er ausbildet. Er pickt sich den Stärksten raus und offenbart ihm manches Geheimnis über das Element, das dieser beherrscht. Die Ausbildung dauert etwa zehn Jahre. Doch weiß niemand, wie man zu Wizzle gelangt."

„Wie hat Richard ihn dann gefunden?", fragt Will.

„Er hat Wizzle nie gesucht. Wie gesagt: Wizzle pickt sich einen raus. Und als Richard durch das Portal schritt, nutzte Wizzle die Gelegenheit, um ihn zu sich zu holen."

„Und Ihr meint, deswegen …"

„Genau, deswegen ist er so viel älter. Er hat eine zehnjährige Ausbildung hinter sich, kann sich aber seltsamerweise an nichts erinnern … Jetzt bleibt noch die Frage, wieso. Und weshalb er verletzt wiederkehrte bleibt auch ungewiss."

Will knetet nachdenklich seine Unterlippe, doch eigentlich liegt es auf der Hand: „Ein Kampf."

„Ganz recht", sagt Älos, „nur das *Wer* und das *Wieso* bleiben ungeklärt."

„Wie seid Ihr darauf gekommen, Meister?"

„In der Nacht, in der wir Richard weckten, habe ich Richards und Rebeckas Gespräch belauscht, während ich so tat, als würde ich schlafen."

„Meister, ihr seid wahrlich ein hinterlistiger Fuchs, seid ihr! Sowas …", entgegnet Will und grinst schief.

„Das ist keine Hinterlist, sondern Mitdenken, was du ja freilich selten tust."

„Hey!"

„Jedenfalls erklärte Richard während dieses Gesprächs, er erinnere sich an Zaubersprüche und an weit mehr. Er sagte, er kenne *alle* Zaubersprüche der Leere." Älos zieht die Augenbrauen hoch und blickt Will vielsagen an. „Ich teilte meine Überlegungen mit den anderen. Doch sie waren skeptisch. Die Vorstellung, dass die

Legende des Wizzle-Schülers wahr sein könnte, bereitete ihnen wohl Unbehagen ..."

„Wir müssen die anderen wiederfinden, möglichst schnell. Vielleicht gab es bereits Anzeichen, die Eure Vermutung bestätigen, Meister!"

„Das vermute ich nämlich auch", grübelt Älos und schaut den schmalen Gang entlang. „Will, weißt du, welche Fähigkeiten der Legende nach dem übertragen werden, der von Wizzle unterwiesen wurde?"

Doch der Meister wendet seinen Kopf blitzartig zum einen Ende des von Efeu überwucherten Ganges. Ein riesiger schwarzer Hund mit brennenden Augen und zwei Hörnern auf dem Kopf schleicht langsam und nicht ohne einen forschenden Blick in Richtung der beiden Magier zu werfen an dem Gang vorüber.

„Ein Höllenhund", flüstert Älos und drückt sich und Will in das Rankenwerk. „Das sind mächtige Wesen. Ihre Stärke kommt denen eines Müfflers gleich! Hoffen wir, dass wir unbemerkt blieben ..."

Älos holt das Bestiarium aus einer seiner weiten Manteltaschen hervor. Als der Höllenhund weiterzieht, schlägt Älos das Buch auf. „Es heißt", fährt er fort, „sie könnten Feuer spucken, beinahe so wie ein Feuerdrache!"

„Oh, seht mal", sagt Will, dem Meister einen Blick über die Schulter ins Buch werfend, „anscheinend ist ihre Haut feuerfest! Keine Hitze kann das Leder dieses Tieres durchdringen!"

Doch nur sie beide und der Höllenhund? Der Ausgang eines solchen Kampfes wäre ungewiss. Und beide wissen, das Finden ihrer Freunde hat Priorität. „Gut, der Hund ist fort und ich glaube, wir sollten ihm auch nicht nachstellen", befindet Will. „Jetzt will ich es aber unbedingt wissen: Von welchen Fähigkeiten spracht Ihr soeben?"

Kapitel 12

Arnts guter Führung verdanken es die Magier, allen Sackgassen entgangen zu sein. Nun kommen sie der Ringmauer zum Inneren des Irrgartens immer näher.

„Wir sind gleich da!", ruft Arnt den anderen über seine Schulter zu. Die hohen Mauern sind mächtigen Buchsbaumhecken gewichen.

„Wir können abkürzen, dann müssten wir hier bloß irgendwie auf die andere Seite der Mauer gelangen", stellt Arnt fest und bleibt stehen.

„Es sind Hecken, können wir nicht einfach die Zweige durchtrennen und so einen Durchgang schaffen?", schlägt Richard vor.

„Das müsste eigentlich gehen", überlegt Arnt, „aber das brauchst du nicht. Ich könnte ja auch versuchen, die Hecke so wachsen zu lassen, dass sie einen Tunnel bildet."

„Tolle Idee!", stimmt Erea ihm zu. Arnt hebt seine Hände und konzentriert sich auf den Zauber.

Dagaz Uruz Raidho Kenaz Hagalaz Gebo Ansuz Ingwaz", rezitiert Arnt die Zauberformel und stellt sich vor, wie die Zweige nach seinem Wunsch wachsen. Als er jedoch hinblickt, um sein Werk zu betrachten, stellt er erschrocken fest, dass sich kein Ast gerührt hat.

„Wie kann …?", stammelt er.

„Hier stimmt etwas nicht!", sagt Richard, als er bemerkt, dass die Öllampen, die an den Zweigen über ihnen baumeln, schwächer brennen.

„Erea, was geht hier vor sich?", fragt Arnt.

„Ich kann nichts erkennen, tut mir leid. Meine Magie ist wie ausgelöscht …"

Ariagon hat sich hingekniet und tastet den Boden nach Vibrationen ab. „Wir müssen hier weg … "

„Was fühlst du?", fragt Arnt.

Ariagon schaut mit einem leicht verängstigten Blick in Richtung der Dunkelheit, die sich langsam aber sicher nähert.

„Nichts, das ist es ja gerade … "

Rebecka versucht eine Flamme in ihrer Hand zu entzünden, doch es klappt nicht.

„Mein Feuer, es ist erloschen", sagt sie.

„Ariagon hat Recht, wir müssen hier weg", mahnt Darvon und blickt nach oben zu den Öllampen, die nun fast vollständig erloschen sind.

„Es ist ein Dämon", flüstert Richard.

„Woher willst du das wissen?", fragt Rebecka.

„Arnt, dein Dämonenkubus. Er leuchtet unter deinem Umhang!", bemerkt Erea. „Ist es ein Dämon?"

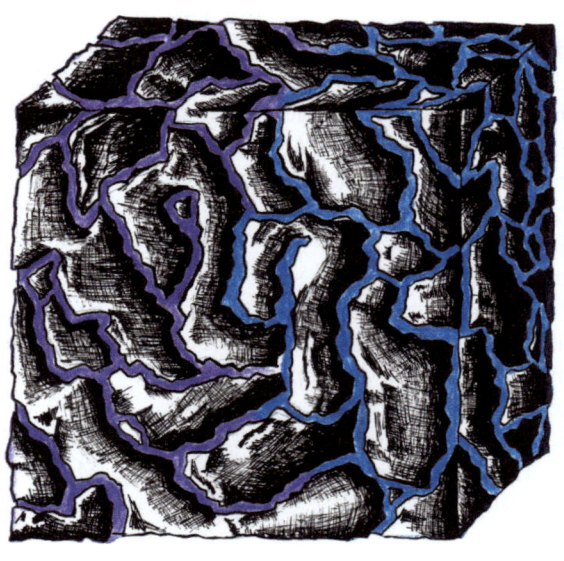

Arnt kramt aus seinen Taschen das leuchtende Artefakt hervor und ist erstaunt, als er sieht, wie stark blau die Risse des Dämonenkubus leuchten. „Ein äußerst mächtiger …"

„Ich habe noch nie von einem Dämon gehört, der Magie wirkungslos macht … Das geht doch nicht, oder?", denkt Rebecka laut nach.

Dann hört man ein tiefes Atmen weit über ihren Köpfen.

„Der Name des Dämons ist Ibal. Sein Name hallt wider in der Leere …", flüstert Richard.

Dann legt sich Finsternis über sie. Das schwache Schwarzlicht, das von Richards Kristallschwert ausgeht, ist nun die einzige Lichtquelle. Eine Dunkelheit, wie sie ihnen bisher noch fremd gewesen ist. Dunkler als das, was man sonst unter dunkel versteht. Tausend Menschen könnten leise auf Tribünen in der Finsternis sitzen, ungesehen. Dann hört man etwas Dünnes, etwas Spitzes, durch die Luft gleiten. Etwas Präzises sucht sich mit widerwärtiger Anmut seinen Weg durch die Nacht.

„Aargh", hört man kurz darauf. Ein kurzer erstickter Schrei, der so schnell verklingt, wie er erklang. Die Öllampen werden wieder etwas heller.

So leicht kann sich eine scheinbar friedliche, sichere Lage in einen Kampf um Leben und Tod verwandeln, denkt sich El Artren. *Nein, keine sichere Lage, hier ist es niemals sicher … Wieso bin ich mitgegangen in dieses Haus? Ich wollte nicht mit, ich war von Anfang an dagegen. Warum bin ich also doch mitgekommen? Wieso?*

El Artren stöhnt laut auf und hat die Augen weit aufgerissen. Der große Stachel des Dämons hat ihn mitten durch den Bauch gestoßen. Er hängt aufgespießt in der Luft und *denkt* noch für die letzten Sekunden:

Warum streitest du mit dir selbst, El Artren? Es ist vorbei, jetzt ist es endlich vorbei. Das Licht des Lebens, das zurückkehrt in die Dunkelheit, aus der es stammt. Die Geschichte hat gerade erst begonnen, aber ich werde bereits so früh gerufen ... Ich bin meiner Frage ausgewichen: Wieso?

El Artren fasst sich erschöpft mit beiden Händen an den Stachel, seine Gliedmaßen werden schlaffer, der Hauch des Lebens verfliegt langsam.
Die anderen blicken ungläubig hoch zu ihrem Freund, der aufgespießt dort hängt. Es sind die letzten Momente, in denen sein Herz schlägt.
Weil ich Freunde habe, die zu mir halten und ich wohl auch zu ihnen. Wir sind eine Familie. Die Octa ist mein zu Hause und durch meine Aufträge, die der Orden mir gab, konnte ich das tun, wonach es mich dürstete: das Licht erkennen und es teilen. Licht ist so vieles... Was ist es für euch, meine Freunde?
Danke.

Drei Herzschläge bleiben noch.

Ich sehe es. Endlich!

Die Öllampen flammen nun wieder auf und man sieht die ganze Gestalt des Dämons. Er ist riesig, so hoch wie die Buchsbaumhecken. Eine schwarze Kapuze verdeckt das Gesicht des Ungetüms. Es hat keine feste Gestalt. Stofffetzen kleiden die schwarze Rauchgestalt. Aus den Rauchschwaden, die sie umgeben, ragen einige lange Stacheln hervor. Und am längsten dieser Stacheln hängt der leblose Körper von El Artren. Dann streift sich der Dämon die Kapuze zurück und man erkennt einen humanoiden Kopf mit den schuppigen Ansätzen eines Drachen.

Der Dämon wirft El Artren in die Luft, reißt sein Maul auf und schnappt zu. Es knirscht, als der Alb zwischen den Zahnreihen der Bestie zerlegt wird. Blut läuft über das Kinn des Dämons. Dann zieht er sich seine Kapuze wieder über.

„Aaah", stöhnt der Dämon mit einer tiefen, machtvollen Stimme.

Die Magier stehen wie angewurzelt da, überwältigt von den verschiedensten Gefühlen: Trauer, Verzweiflung, Angst ... Zorn!

„DU MISSGEBURT!", brüllt Arnt den Dämon an, hat seinen Stock erhoben und rennt schon auf ihn zu. „ICH WERDE DICH RICHTEN, DÄMON!"

Er springt vom Boden ab, auf den Dämon zu, während er in der Luft nach einem frontalen Schlag ausholt. Rebecka schließt ihre Augen. Sie lässt ihren ganzen Zorn auf den Dämon in ihre Magie fließen und die Gewissheit, dass nur sie, Arnt und Richard etwas gegen diesen Dämon ausirchten können. Dann öffnet sie ihre Augen, zwei Feuerbällen gleich, und zorniger blickend als die aller anderen. Und sie spricht die Formel: *„Fehu Ehwaz Uruz Ehwaz Raidho Berkana Ansuz Laguz Laguz!"*

Sie streckt ihre Hände von sich und ... es klappt. Warum auch immer: Die Magie ist zurückgekehrt! Ein Feuerball entsprießt ihren beiden Handflächen, der stetig wächst. Ihre Tunika wirbelt wild um sie herum und ihr orangenes Stirnband flattert im aufkommenden Wind.

Sie blickt hinüber zum Dämon, der zur selben Zeit von Arnts Frontalangriff abgelenkt wird. Das ist der richtige Moment! Schon rast ein gewaltiger Feuerball, schnell wie ein Pferd im Galopp, auf das Ungetüm zu.

Als Arnt gerade zuschlägt, wird der Hieb seiner legendären Waffe von der schwarzen Spitze pariert, die noch von El Artrens Blut glänzt. Arnt hält kurz in der Luft dagegen, muss aber der Kraft des Dämons nachgeben und landet mit einem geschmeidigen Salto wieder auf dem Boden, als auch schon Rebeckas Feuerball mitten in die Schwadengestalt des Dämons trifft. Flammen umwirbeln die Nachtkreatur. Ihre Klageschreie dröhnen durch den Irrgarten. Mit wilden Schlägen seiner Stacheln versucht der Dämon, seine Angreifer auf Abstand zu halten.

„Dieses Miststück", sagt Richard und schaut zu Boden. Sein Haar wird vom Wind des Feuerballs aufgewirbelt, sodass sein stechender, wutverzerrter Blick deutlich zu sehen ist.

„Du hast … keine Chance", sagt er und wieder umspielt ein Lächeln seine Lippen. Dann rennt er mit Christak brüllend auf den Dämon zu. Dieser reagiert mit einem gezielten Stoß seines Stachels. Richard springt hoch und der Stachel stößt unter ihm ein Loch in die Erde. Anschließend landet Richard auf dem Stachel und läuft ihn hoch.

Die anderen Magier, außerstande dem Dämon zu schaden, sehen sich gezwungen, daneben zu stehen und zuzuschauen. Herkömmliche Waffen würden nichts gegen einen Dämon ausrichten. Alleine legendäre Artefakte und Dämonenklingen sind dazu fähig. Und natürlich Feuer- und Lichtmagie.

„Untätig danebenstehen, während nur die drei Rache üben können …", zischt Erea. Ihre Stimme bebt.

„FRISS KRISTALL!", ruft Richard und stößt Christak dem Dämon in die Brustregion. Der Dämon schreit wieder. Seine Stacheln schwingt er wild um sich herum in rasender Wut.

Richard zieht das Schwert wieder aus ihm heraus und landet vor den Füßen des Dämons, um etwas Abstand zwischen sich und die Nachtkreatur zu bringen. Er atmet schwer, wobei sich seine Brust hastig hebt und senkt. Entschlossen blickt er dem Dämon entgegen.

Unerwartet fasst Rebecka ihm von hinten an die Schulter und dreht Richard zu sich um.

„Ich habe eine Idee", sagt sie und umschließt mit ihren Händen Richards Hände, die Christak noch immer fest umklammern.

„Was ...?"

„*Berkana Raidho Ehwaz Naudhiz Naudhiz Ehwaz*", sagt sie und die Kristallklinge fängt Feuer.

Erstaunt sieht Richard sein Schwert an. „Gute Idee. So fügt meine Klinge dem Dämon nochmal mehr Schaden zu! Das ist unser Vorteil, richtig? Der Dämon ist stark, aber wir sind nicht allein!"

Der Dämon registriert das brennende Schwert und ein Stachel rast bereits auf Richard und Rebecka zu.

„Richard, Achtung!", kreischt Rebecka. Dieser hebt instinktiv seine rechte Hand. „*Insaniae!*", ruft er laut und wird von einer violettgrünen Aura umfangen.

Nur wenige der Octamagier kennen nichtrakomirische Zaubersprüche, doch dieser ist ihnen allen neu.

Kapitel 13

Älos und Will sind in einen Teil des Irrgartens vorgedrungen, der dem inneren Kreis näher liegt. Buchsbaumhecken begrenzen die Wege. Ihr Geäst ist dick und ihr Blattwerk so dicht, man sieht nichts von dem, was dahinterliegt, ob Weg oder Kreatur. Älos leckt an einer Hecke, schmatzt zwei Mal und spuckt dann auf den Boden.

„Es ist nicht möglich, sich einen Weg hindurch zu bahnen. Auch als Naturmagier nicht ... diese Hecken sind vor jedem Zauber gefeit", bemerkt Älos. „Hier weiß ich jetzt nicht mehr, wie es weitergeht. Das Einzige, was ich mit Gewissheit sagen kann, ist, dass der Buchsbaumabschnitt richtig ist. Von nun an müssen wir wohl auf unseren Instinkt vertrauen ... oh je. Es tut mir leid, Will."

Älos schlägt die Hände überm Kopf zusammen.

„Wir sind weit genug gekommen, Meister. Jetzt laufen wir einfach weiter in Richtung des hohen Mauerringes und den sehen wir ja mittlerweile!", schlägt Will vor und deutet voraus. Älos nickt und blickt zur Ringmauer, die alle anderen Mauern und Hecken überragt.

„Ach ja, Will", sagt Älos, „ich würde gerne `ne Pause machen. Ein Apfel wäre jetzt toll!"

„Kommt sofort, Meister!"

Die beiden lehnen sich an eine Hecke und versinken eine Handbreit in ihr, fast wie in einem Kissen. Sie sind ordentlich gerannt vorhin: Der Höllenhund hatte sie doch noch gewittert und sie mussten die Flucht ergreifen.

Will kramt aus seinem Rucksack zwei Äpfel hervor und reicht einen davon Älos.

„Danke", sagt dieser und nimmt einen großen Bissen. Will nimmt einige Schlucke aus seinem Trinkschlauch und reicht ihn dann an Älos weiter.

„Ooh, ja! Das tut gut!"

Älos lacht kurz, als er den Apfel und das Wasser sieht.

„Man darf hier unten nicht vergessen, dass das Leben auch seine guten Seiten hat!"

Älos trinkt weiter aus dem Wasserbeutel: „Ahh..., weißt du? Manche werden hier unten verrückt, bevor die Monster sie kriegen! Verrückt, sag ich dir! Aber isch nisch!"

„Ja, Meister, Ihr wart auch schon immer verrückt auf Eure eigene Weise", sagt Will.

„Hahahaharrrr, da hast du Recht, mein Junge! Und, wie läuft es grade im Liebesleben? Ich meine zu g-glauben, zwischen dir un Adria hätt es jefunkt!"

Will guckt ihn verwundert an.

„Meister ...? Oh, Moment mal!"

Will nimmt Älos den bereits fast leeren Beutel wieder weg und nimmt selber einen Schluck daraus. Rum.

„Gerade war das doch noch ...", wundert sich Will.

„Gip ihn mir zurüch!", verlangt Älos schläfrig.

„Meister, Ihr seid betrunken!"

„Dazu braucht et nischt viel, *hicks.*"

„Ihr könnt Euch einfach nicht zurückhalten! Wir sind hier von Monstern umgeben! Das ist mehr als lebensgefährlich, was ihr da tut! SCHÖNE SEITEN DES LEBENS? Meint Ihr das ernst?"

Will fährt sich durch die Haare, ratlos wie er mit seinem betrunkenen Meister nun verfahren soll.

„Wir sollten warten, bis Ihr wieder nüchtern seid, dann können wir weiterge..." Will hält inne. Hat er da einen

Schrei vernommen? Es hörte sich menschlich an ...
Dann ein weiteres Geräusch, ein Schnaufen. Schon
kommt die Kreatur um die Ecke geschlichen. Sie hatte
ihre Spur wohl doch nicht verloren. Es ist der
Höllenhund. Seine brennenden Augen sind auf den
betrunkenen Älos gerichtet.

„Forcht du Scheusal!", nuschelt Älos. *„Fehusch hicks,
Laguz Isaa Ehwatsch Gebo hicks!"*

Älos wird vom Wind aufgegriffen und fliegt
Purzelbäume schlagend auf den Höllenhund zu.

„Ne! Will nischt!", quengelt Älos im Flug. Er knallt mit
seinen Stiefeln gegen die Stirn des Ungetüms, das
zurückspringt und wütend knurrt.

„Meister, was soll das werden, wenn's fertig ist?", ruft
Will.

Der Höllenhund schnieft Rauchschwaden aus seinen
Nüstern und springt auf Älos zu. Will muss schnell
reagieren.

„Fehu Laguz Isa Ehwaz Gebo!", ruft Will und der
aufkommende Wind fesselt den Höllenhund noch im
Flug. Irritiert strampelt er mit den Beinen, doch er kann
den Boden nicht berühren. Als er merkt, dass er den
beiden Magiern hilflos ausgeliefert ist, hört er auf zu
strampeln.

„Meister, gebt mir das Bestiarium!"

„Hier, mäin Junge", sagt Älos und zieht aus seinem
Mantel das Bestiarium hervor. Will geht zu Älos,
nimmt es ihm schnell aus der Hand, blättert zur Seite
mit dem Höllenhund und liest.

„Ich wusste doch, dass dieses Ding noch ein Ass im
Ärmel hat!"

Schon reißt der Höllenhund sein Maul weit auf: Sein
Rachen erglüht dunkelrot und Funken sprühen daraus
hervor.

„Soll dasch so sein? *Hicks.*"

Die brennenden Augen des Höllenhunds verfärben sich bläulich. Dann legt der Hund den Kopf in den Nacken und schießt einen blauen Feuerball aus seinem Maul. Älos stellt sich schnell vor Will.

„*Wunjo Ehwaz Naudhiz Dagaz Ehwaz*", rezitiert Älos. Der Ball fliegt knapp an ihnen beiden vorbei und wendet kurz vor der Buchsbaumhecke, an der Älos gerade eben noch gesessen und Rum getrunken hatte.

„Meister, wie …?"

„Lektion drei: Sei stets wachsam …", beginnt Älos und zieht seine beiden Hände durch die Luft. Es sieht aus, als würde er ein langes unsichtbares Seil halten, an dessen Ende der Feuerball gebunden ist.

„… und erwarte, was nicht zu erwarten ist."

Der Feuerball fliegt im großen Bogen zum Höllenhund zurück, dieser kann, da er noch in der Luft ist, nicht ausweichen und wird von seinem eigenen Feuer getroffen. Will löst den Zauber, der das Untier in der Luft hielt, sodass der Schwung des Feuerballs den Hund zu Boden schmettert.

Der Höllenhund rollt einige Meter über den Gang, wobei er etwas Rauch hinter sich herzieht. Doch schon steht er wieder auf. Als er ausschnaubt, dringt schwarzer Qualm aus seinen Nüstern.

„*Sowilo Kenaz Hagalaz Naudhiz Ehwaz Isa Dagaz Ehwaz!*", rufen beide Magier zugleich. Augenblicklich werden aus ihren Händen zwei scharfe Windschnitte entfesselt, die wie Messer die Luft teilen. Sie treffen den Höllenhund frontal. Dies bedeutet dann endgültig das Ende der Bestie.

Will dreht sich zu Älos um, der mit einem zufriedenen Lächeln und funkelnden Augen den besiegten Höllenhund zu seinen Füßen mustert.

„Am Ende musste ich zwar etwas helfen … Hast du aber trotzdem hervorragend gemeistert, Will!"

„Meister, Ihr habt die erstaunlich lebensgefährliche Eigenschaft, Situationen, in die Ihr geratet, nicht als lebensgefährlich zu erkennen!"

„Ich unterweise dich nur so gut ich kann."

„Mir vorzugaukeln, Ihr wärt betrunken, nennt Ihr eine Unterweisung?"

„Nein", antwortet Älos amüsiert, „nur Leichtgläubigkeit deinerseits."

„Haha. Witzig. Jetzt aber etwas Wichtigeres: Ich glaube, gerade eben einen Schrei gehört zu haben."

„Konntest du die Stimme jemandem zuordnen?", fragt Älos.

„Sie war menschlich. Ich glaube, es war ein Mann. Es hörte sich an, als würde er Schmerzen leiden."

„Gut, weißt du noch ungefähr die Richtung?"

„Ja, in etwa", glaubt Will sich zu erinnern.

„Wir haben nichts, um den Höllenhund zu häuten, obwohl das Fell so wertvoll ist, schade drum", sagt Älos.

„Stimmt, und selbst wenn: Wir haben nun andere Sorgen!", stimmt Will zu und läuft voraus in die Richtung, aus der er die Schreie vernommen hatte.

Wenn die beiden doch nur wüssten, dass sich aus dem feurigen Rachen eines erlegten Höllenhundes manchmal ein rasiermesserscharfes, nie rostendes Schwert ziehen lässt, das Dämonen töten kann …

Kapitel 14

Der Stachel prallt mit aller Kraft gegen den Zauber, den Richard aufrechterhält. Das *Insaniae* ist ein begrenzter Raum, in dem nichts existiert.

Als der Stachel das unsichtbare Insaniae trifft, wird er langsamer. Dann bläht er sich auf und noch bevor der Dämon ihn zurückziehen kann, explodiert er. Die Kreatur brüllt auf vor Schmerz. Arnt und Rebecka nutzen die Gelegenheit, um anzugreifen.

„Ariagon!", ruft Rebecka, „bring mich hoch!"

Ariagon versteht, spricht eine Zauberformel und der Boden unter Rebeckas Füßen schießt in die Höhe. Nach sechs Metern hat Rebecka etwa die Kopfhöhe des Dämons erreicht und springt ab. Der Sprung befördert sie genau über den Kopf der stacheligen Bestie.

„*Fehu Ehwaz Uruz Ehwaz Raidho ...* ", beginnt Rebecka. Im Flug dreht sie sich um sich selbst, sodass sie nun gerade nach unten auf den Kopf des Dämons schaut.

„ *... Sowilo Tiwaz Uruz Raidho Manaz!* "

Ihren Händen entspringt ein Feuersturm, der auf den Dämon herabwirbelt. Auf der Stelle geht sein Kopf in Flammen auf. Rebecka selbst wird vom Rückstoß des Flammenwirbels noch höher in die Luft befördert. Darvon erkennt ihre präkere Lage.

„*Sowilo Ansuz Kenaz Hagalaz Tiwaz Ehwaz*", ruft er und hält beide Arme in Rebeckas Richtung. Ihr Sturz verlangsamt sich und mit einem geschmeidigen Purzelbaum landet sie auf dem Boden.

„Jeder normale Dämon wäre vernichtet worden nach einem solchen Angriff!", ruft Ariagon.

„Doch dieser Dämon hat einen Namen: Ibal",

verkündet Erea mit düsterer Stimme. „Und Dämonen mit Namen gibt es nur wenige."

Die Flammen legen sich wieder und der Dämon bemerkt, dass sich der Großteil der Gruppe abseits des Kampfgeschehens aufhält.

„*Eah tuh!*", verkündet der Dämon und bewegt sich auf sie zu.

„Verdammt!", ruft Arnt. Er läuft zwischen dem Dämon und seinen Freunden hindurch, den knöchernen Kampfstab hinter sich herziehend. An den Stellen, an denen der Stab über den Boden streift, wachsen Bäume und bilden eine massive Mauer, die rasant in die Höhe wächst und dem Dämon schließlich knapp über den Kopf reicht. Doch der Dämon schlägt, rasend vor Wut, mit seinen Stacheln auf die Bäume ein, durchbohrt die Stämme mühelos, reißt mit wenigen Hieben die Baumkronen hinunter. Bald schon hat er ein breites Loch in die Mauer gerissen, durch dass er sich zwängt. Als er auf der anderen Seite ist, blickt er des Sieges gewiss auf die Magier hinab.

„Rebecka!", ertönt eine vertraute Stimme aus der Ferne. Rebecka schaut sich um, doch sieht niemanden.

„Entzünde die Holzsplitter!", ruft die Stimme.

Rebecka blickt zu Boden: Der Dämon hat eine Landschaft kamingerechter Scheite und Holzsplitter hinterlassen. Sie tut also, wie ihr geheißen, spricht die Wörter und entzündet das am Boden liegende Holz.

„Genau so!" Dann beginnen zwei Personen einen Zauber zu sprechen: „*Fehu Laguz Isa Ehwaz Gebo ...*"

Währenddessen kommt der Dämon den vier Magiern immer näher. Darvon und Ariagon haben sich vor Erea und Adria gestellt, um sie zu schützen. Genauso hoffnungslos wie zwecklos. In dem Moment fliegen die brennenden Pfeilsplitter langsam empor und richten sich nach dem Dämon aus.

„ ... Tiwaz Wunjo Isa Ehwaz Perthro ... "

Richard sieht, dass Rebecka zu Boden sinkt. Sie hebt die eine Hand zitternd in Richtung des brennenden Holzes.

„Meine Magie. Sie neigt sich ... sie ...", ruft Rebecka und beißt die Zähne zusammen.

„Rebecka, du schaffst das!", ruft Richard. „Halte noch einen Moment durch!"

Ihre letzte Hoffnung ...

„Fehu Ehwaz Isa Laguz Ehwaz!"

sind der Schüler und der Meister.

Die tausend brennenden Splitter fliegen schnell wie ein Bussard im Sturzflug auf den Dämon zu. Der Feuerregen trifft Ibal just in dem Moment, da er mit seinen Spießen zuschlagen will. Er reißt den Kopf nach oben und brüllt noch lauter als zuvor. Sein Körper gleicht einer brennenden Landschaft. Ein Waldbrand, der einen Berg aus Schatten hochjagd. Doch ebenso unbeugsam ist der Dämon, denn noch gibt er nicht auf. Mit letztem Todesmut stößt er einen seiner großen Spieße in Richtung der vier Magier, die ihm schutzlos ausgeliefert sind.

„Insaniae!", ruft Richard, als er das sieht, doch er muss gleichzeitig einen kleineren Stachel des Dämons parieren und schafft es daher nicht zu zielen. Der Zauber verfehlt den Stachel knapp.

Ich bin älter als meine Freunde, denkt sich Darvon und wirft sich schützend vor den Stachel. Er fühlt dieselbe Kälte, die vorhin El Artren verspürte. Sie ist fast angenehm, wäre da nicht der stechende Schmerz im Körper. Alle seine Sorgen sind wie vom Winde verweht.

Es ist vorbei. Ich habe keine Verpflichtungen, keine

Freunde und keine Feinde. Ich bin frei, frei wie ein Vogel. Es stimmt. Wenn man stirbt, läuft einem das ganze Leben vor dem inneren Auge ab... und auch die besonders schönen Momente.

Ein Wald, es ist ein sonniger Herbsttag.

„Darvon, weißt du, warum der Herbst die Jahreszeit des Windes ist?", hast du mich gefragt, Älos.

„Nein. Weshalb, Meister?", fragte ich verwundert, doch ... doch Ihr habt mir nicht geantwortet.

Jetzt kenne ich die Antwort: Weil der Herbst ein Wandel ist. So wie der Wind nach Belieben seine Richtung ändert und zum Schluss das Herbstblatt trocknet und vergeht, nachdem es vom Zweig geweht wurde, so verweht nun mein Leben. Das Leben gleicht der Ruhe und der Tod dem Sturm. Das Herbstblatt wartet darauf, hinweggeweht zu werden, warten wir nur auf den Tod? Ist das das Leben? Der Sinn des Lebens? Wenn ja, dann bin ich glücklich, eine so schöne Wartezeit gehabt zu haben, umgeben von so wunderbaren Menschen.

Hätte ich dich doch nur noch einmal gesehen ... Älos, mein Meister, mein Vater, den ich nie hatte ...

Darvon ist auf der Stelle tot. Rebecka kreischt als sie das sieht, brüllt einen Zauber und schießt einen letzten Feuerball auf den Dämon. Ihre formgewordene Wut trifft die Nachtkreatur mitten in den Bauch. Der Dämon stürzt zu Boden, sein Schrei erstickt und der Kadaver löst sich auf in schwarzen Rauch.

„Nein!", klagt Erea, die hinter Darvon stand. Darvons lebloser Körper fällt ihr in die Arme. Ihr kullern Tränen übers Gesicht, als sie ihm die Augen schließt.

„WARUM MUSSTEST DU MICH RETTEN?", brüllt sie. „Warum, Darvon ... warum?"

Adria und Ariagon stehen daneben. Sie haben beide ihre rechte Hand auf die linke Brust gelegt und die Augen geschlossen. Richard, Arnt und Rebecka kommen angerannt.

„Nein! D-das darf nicht w-wahr sein", stammelt Arnt. „DIESER SCHEISS ORT! DIESER VERFLUCHTE IRRGARTEN! WIR HÄTTEN NIEMALS HIER REINGEHEN DÜRFEN!"

„Ist gut, Arnt", sagt Richard, der rechts neben ihm steht, und legt Arnt eine Hand auf die Schulter. Arnt beißt die Zähne zusammen und schließt verkrampft die Augen. „Es ist meine Schuld. Ich habe die verwirrenden Gänge nicht durchschaut. Hätte ich ..."

„Hätte, hätte. Es ist nicht deine Schuld", sagt Rebecka. Sie umarmt Arnt, dem eine Träne über die Wange läuft. Währenddessen nähern sich hastige Schritte, die laut im Gang widerhallen. Die Magier des Ordens drehen sich um. Es sind zwei Personen, die direkt auf sie zurennen. Die gedimmten Lichter lassen zunächst nur Umrisse erahnen. Als sie sich nähern, erkennt man sie: Will und Älos. Adria springt auf, ein nasses Gesicht, wie bei ihrem Abschied.

„WILL?", ruft sie und läuft auf ihn zu. Älos kommt schnell näher, bemerkt Darvon und wird dann wieder langsamer.

Adria fliegt Will in die Arme und er fängt sie auf. Sie drehen sich ein bisschen und kommen dann zum Stillstand. Will ist etwa einen halben Kopf größer, sodass Adria hochblickt und sich auf die Zehenspitzen stellt, als sie ihn küsst.

Es ist kein kurzer Kuss. Sie beide hatten die letzten Tage auf diesen Moment gewartet und ihn auch angezweifelt. Hier unten gab es keinen Tag, nur Nacht und es hatte sich angefühlt, als seien Monate vergangen. Adria löst ihre Lippen langsam wieder von Wills und blickt weinend zu ihm hoch.

Will hat Darvon noch nicht bemerkt. „Was ist denn los? Ist es so schlimm, mich wiederzusehen?"

Sein Lächeln verfliegt, als er Älos zitternd vor Darvons leblosem Körper knien sieht.

„Nein …"

„Will, er …", setzt Adria an.

Will fasst sie bei der Hand und geht geradewegs auf Darvon zu. Er stellt sich zu den anderen, schluckt und sieht in die Gesichter seiner Kameraden. Es ist totenstill, bis auf ein Nasehochziehen vielleicht. Dann bemerkt er, dass ein weiterer fehlt: El Artren. Er denkt, er hätte ihn bloß übersehen, doch auch auf den zweiten Blick sieht er ihn nicht.

„W-w-wo ist E-El Artren?", stammelt er.

Er traut sich bei dieser Frage keinem ins Gesicht zu schauen. Die Reaktion würde ihm bereits die Wahrheit verraten, die er als falsch abtun will.

„Wo ist …", beginnt er wieder, als keiner ihm antwortet.

„Tot", sagt Ariagon und beißt sich auf die Lippe. Älos schließt Darvon die Augenlider.

„Darvon, weißt du, warum der Herbst die Jahreszeit des Windes ist?", fragt er und weint ein ersticktes, leises Weinen.

„Du weißt die Antwort, nicht wahr?", beantwortet Älos sich selbst die Frage.

Kapitel 15

Ariagon hat Darvon begraben. Arnt flüstert einen kurzen Zauber, sodass weiße Klingelblüten und blauer Nachtstern auf seinem Grab wachsen, rakomirische Trauerpflanzen, die die Geister beruhigen und vor rastlosen Seelen schützen. Der Nachtstern sichert angeblich die Brücke, die der Verstorbene in die jenseitige Welt, in den Limbus, queren muss. Auch die Klingelblüten haben eine besondere Eigenschaft: Am Ende der Stängel hängen kleine Blütenglöckchen. Sie klingeln, wenn die Toten wandern.

Von El Artren können sie sich leider nicht mehr verabschieden. Es ist nichts mehr übrig, was man verabschieden könnte. Die verbliebenen acht stehen im Kreis um das Grab, die rechte offene Handfläche auf die linke Brust gelegt. Sie öffnen die Augen und nehmen die Hand wieder herunter.

„Ruhet in Frieden, Darvon Dorian, El Artren", flüstert Arnt. „Euer Tod war nicht vergebens."

Sie verneigen sich vor dem Grab. Und als sie ihm den Rücken zukehren, wirft keiner einen Blick zurück. Richard geht etwas voraus und sieht ein Schwert im Boden stecken. Als er sich der Klinge nähert, spürt er deutlich die Energien, die sich um das Schwert sammeln, spürt ein Kribbeln in seinen Fingerspitzen, hört ein Surren durch die Luft gehen. Als wenn das Schwert mit ihm sprechen könnte, wenn es nur wollte.

„Ein Schwert", bemerkt Arnt, der direkt hinter Richard geht.

„Nicht irgendein Schwert", korrigiert Erea als sie näherkommt. „Dies ist das Schwert der schwarzen Seelen. Es ist die legendäre Waffe Nummer drei, geschaffen für Magier der Finsternis. Es fühlt sich beinahe an, als riefe es mich."

Erea ist von Ehrfurcht ergriffen, als sie das Schwert in die Hand nimmt. Es ist leicht und filigran gearbeitet. Eine schwarze Klinge mit zwei weißen Schneideseiten, ein Anderthalbhänder. In der Parierstange, die ebenso wie der Griff und die Klinge größtenteils schwarz ist, befindet sich der weiße Seelenstein, ein sogenannter Karfunkel, der die Seelen der vom Besitzer getöteten Monster aufnimmt und durch diese an Stärke gewinnt.

„Eine kostbare Waffe wurde errungen", meint Älos, „doch für einen zu derben Verlust."

„Steck es dir ein, es gehört dir", sagt Richard beiläufig, während er sich streckt. Erea wendet sich schüchtern ihren Freunden zu. „Seid ihr sicher? Ich war nicht die, die den Dämon erschlagen hat."

„Wir alle haben dazu beigetragen, bis hierhin zu kommen", erinnert Rebecka sie. „Da dieses Schwert nur richtig in den Händen eines Finsternismagiers funktioniert, bist du auch die Einzige, die dieses Schwertes würdig ist."

„Danke", sagt sie nur und fährt wie hypnotisiert mit dem Zeigefinger an der Klinge entlang. Nach einigen Zentimetern hat sie sich geschnitten und etwas Blut rinnt ihren Finger herunter.

„Es ist scharf, als hätte es gerade den Schleifstein

geküsst", bemerkt Erea, dann lächelt sie. „Es will benutzt werden."

„Es wird Zeit, hier rauszukommen", befindet Ariagon. „Wir haben das, was wir wollten, und auch das, was wir befürchteten."

„Ich stimme dir zu", sagt Adria mit betrübter Miene, „lasst uns fort von hier!"

Richard wendet sich leise Arnt zu: „Hättest du was dagegen, wenn ich uns weiterführe? Ich glaube, ich kann das wieder übernehmen."

Arnt reicht ihm die Karte und zeigt ihm, wo sie sich gerade befinden. „Mach es besser als ich und lasse dich von den Gängen hier nicht verwirren. Der Irrgarten manipuliert dich. Du darfst nicht vom rechten Pfad abkommen!"

Arnt zieht die Mundwinkel nach unten und die Augenbrauen zusammen. Sein Blick ist starr zu Boden gerichtet, als er die Karte loslässt. „Mach es besser als ich."

Richard nickt und schaut ihm tief in die Augen. „Egal, was du dir vorwirfst: Du hast uns gut geführt, Arnt."

Dieser horcht auf und hebt den Blick wieder.

„Du hast meinen Namen schon lange nicht mehr verwendet …", stellt er fest und lächelt.

Sie setzen ihren Weg durch den Irrgarten fort. Die Laternen flackern bald bloß noch schwach. Zunehmends verschwimmen die Formen in ihrer Umgebung. Die Mauern gehen nahtlos in das sternenlose Schwarz des Himmels über.

„Rebecka, könntest du für etwas Licht sorgen?", möchte Richard wissen.

Doch Rebecka schüttelt den Kopf. „Meine Magie ist erschöpft. Später vielleicht."

„Bruder?", richtet Arnt das Wort an Richard.

„Ja?"

„Du hast doch auch bemerkt: kurz bevor der Dämon zuschlug, zeigten unsere Zauber keine Wirkung mehr."

„Ja."

„Woran lag das?"

„Ich wollte niemanden beunruhigen, da es nur ein Bauchgefühl war, jedoch …"

„Jedoch?", hakt Arnt interessiert nach. Dann dämpft Richard etwas seine Stimme: „Ich habe eine Präsenz gespürt. Ich glaube, dass uns jemand verfolgt."

„Verfolgt?"

„Leise! Ja, ich vermute, dass er oder sie auf die passende Gelegenheit wartet, um uns anzugreifen. Lass die anderen aber vorerst im Glauben, es hätte etwas mit dem Dämon oder mit der unzerstörbaren Buchsbaumwand zu tun."

„Aber …", setzt Arnt an. Richard schüttelt jedoch den Kopf.

„Wir wollen ihnen nach dem, was vorgefallen ist, nicht noch mehr Sorgen bereiten. Ich glaube, einen Anführer zeichnet aus, dass er Verantwortung für seine Gefolgsleute übernimmt und momentan … sind wir das ja irgendwie beide", sagt Richard und setzt ein Lächeln auf.

„Ja, da hast du wohl nicht Unrecht. Ich habe das Gefühl, Richard, dass du langsam zu dir zurückfindest. Ich gebe die Hoffnung nicht auf!"

Richard nickt und wendet seinen Blick wieder zur Karte. Kaum dass er sie sieht, schreckt er zurück.

„Was gibt's?", fragt Rebecka, die hinter ihm geht. Dann blickt Richard voraus in die Dunkelheit. Der Schreck ist schon wieder vorüber und seine Augen werden wieder so leer und ausdruckslos wie zuvor.

„Richard?", fragt Will.

„Wir sind da", erwidert Richard monoton. Im nächsten Moment flammt das Licht in den Laternen mit neuer Kraft auf und blendet die Magier derart, dass sie die Arme schützend vors Gesicht halten müssen. Die Mauern werden bis hoch in den Himmel erleuchtet. Ganze Stockwerke an Laternen brennen hier! Nachdem sie sich an das Licht gewöhnt haben, inspizieren sie das neue Terrain:

Der Weg vor ihnen führt geradewegs auf einen hohen Torbogen zu. Zwei Säulenreihen stützten den gewölbten Gang, der die wahrscheinlich dickste aller jemals errichteten Mauern durchquert und somit Einlass in den inneren Teil des Irrgartens gewährt. Die Ringmauer selbst ragt weit in die Höhe, hinein in das schwarze Etwas, das am Himmel wabert. Keiner weiß, was hinter dieser schwarzen Himmelssphäre liegt. Dann durchfährt ein urtümliches Gebrüll Himmel und Erde. Angespannte Stille. Sie warten auf weitere Laute oder auf das plötzliche Erscheinen einer mächtigen Nachtkreatur. Eine Minute vergeht. Ein Schweißtropfen läuft an Ariagons Stirn herunter. Dann hört man das Gebrüll erneut. Es ist in weite Ferne gerückt.

„Der Schattendrache", sagt Ariagon.

„Er hat sich entfernt", stellt Rebecka erleichtert fest. Etwas langsamer als zuvor bewegen sich die Magier auf den Torbogen zu, darauf bedacht, so leise wie möglich zu sein. Das Tor sah von weitem kleiner aus. Als sie sich ihm nähern, lassen sich Details erkennen: Er besteht aus Sandsteinquadern, die mit einem dicken grün-schwarzen Dreckbelag überzogen sind. Links und rechts des Torbogens brennen zwei besonders große Fackeln. Als die Magier unter den Torbogen treten, erkennen sie deutlich, was zuvor verborgen lag: Die

Ringmauer ist nicht bloß Ringmauer, sondern ihrerseits ein Rundweg!

„Freunde, seht euch das an!", staunt Richard und bleibt an zwei weiteren Torbögen stehen, die rechts und links von ihnen in den Hohlraum der Ringmauer führen.

„Das hat die Karte nicht angezeigt."

„Wir dürfen nicht in den Rundweg", sagt Älos mit Bestimmtheit und tritt heran.

„Was? Weshalb, es sieht doch ziemlich sicher aus", überlegt Erea.

„Es soll auch sicher wirken. Aber Fakt ist, dass der Großteil der Monster diesen Weg verwendet, um an unterschiedliche Teile des Irrgartens zu gelangen. Er ist ihre Hauptverkehrsstraße."

„Also geradeaus", schlägt Richard mit Blick auf die Karte vor. Älos nickt. Kurz bevor sie dann das Tor passieren, wirft er einen Blick über die Schulter.

„Wir sind weit gekommen. Das ist euer Verdienst", flüstert Älos andächtig, „meine Freunde, Darvon und El Artren."

Dann betreten sie den inneren Teil des Irrgartens. Es riecht nach verwesendem Fleisch und die feuchte Luft kriecht ihnen unter Hemd und Tunika.

„Sind hier Tümpel? Oder Moore?", überlegt Erea laut. Rechts und links des Weges befinden sich Verliese, deren Gitter von Rost zerfressen sind. Die Zellentüren stehen offen, hängen bloß noch an einer Angel oder zieren den Boden. Zerrissene Ketten und Armschellen liegen zwischen Knochenresten in den Zellen.

„Ist das gut …?", fragt Erea an Älos gewandt und deutet auf die offenen Verliese.

„Diese Zellen sind bereits seit Äonen geöffnet. Der Irrgarten war nicht immer eine eigene Dimension …"

Er wirft den offenen Zellen einen angewiderten Blick zu.

„Wie meinst du das denn jetzt?", fragt Arnt.

„Es gibt eine Geschichte. Der Irrgarten war ein Gefängnis. Es gab tausende Gefangene und viele Wachen. Lokeris, der Gott des Spiels und des Vergnügens, trennte zusammen mit Wizzle diesen Irrgarten vom Rest der Welt und machte ihn zu einem Ort der Heimkehr für all die Seelen der Monster, die von den 13 abtrünnigen Göttern geschaffen wurden. Was aus den Gefangenen und den Wachen wurde, weiß man bis heute nicht … Manche glauben, sie seien verhungert, andere sagen, die Monster hätten sie verschlungen. Wieder andere meinen, die Gefangenen und die Wachen wären verrückt geworden und hätten sich schlussendlich selbst in Monster verwandelt. Die Ketten, die hier liegen, liegen hier wahrscheinlich schon seit Jahrhunderten, Jahrtausenden und sind Überbleibsel der einstigen Gefangenen …"

„Ich mag die Geschichte nicht", befindet Erea trocken. Älos runzelt die Stirn. Da erzählt er eine alte Sage und bekommt eine so stumpfe Antwort!

„Wie dem auch sei", entgegnet er und wechselt das Thema. „Das Portal zurück in unsere Welt liegt in der Mitte. Wir haben schon über die Hälfte des Weges hinter uns gebracht …"

„Schaut euch das an!", unterbricht Richard ihn. Mit weit aufgerissenen Augen starrt er auf die Karte in seinen Händen. Die anderen kommen rasch näher und stecken die Köpfe zusammen. Es sind wieder leuchtende Punkte erschienen.

„Scheiße", sagt Will als er die Karte sieht. Das mit einem X markierte Portal in der Mitte ist von zahllosen roten Punkten umgeben. Die blauen Punkte zeigen an, wo sich die Magier befinden. Doch es ist eine neue Farbe dazugekommen: Zwei grüne Punkte sind auf dem Weg zu erkennen, der hinter ihnen liegt.

„Darvon und El Artren", flüstert Ariagon.

„Was ist *das*?" wundert sich Adria und deutet auf einen blauen Punkt nahe der beiden grünen. Schneller als irgendein Mensch laufen könnte, schießt der Punkt in ihre Richtung und kreuzt dabei zahllose Mauern.

„Wie …?" Will stutzt.

So schnell, wie die Punkte erschienen, erlischen sie wieder und hinterlassen ein Gewusel an Fragen. Die Magier tauschen fragende Blicke miteinander aus.

„Wir werden verfolgt", offenbart Richard ohne Umschweife. „Das ist die einzige Erklärung."

„Ich wusste, ich hatte was gespürt …", entsinnt sich Älos und kratzt sich am Kinn.

„Wie meint Ihr das, Meister?", fragt Will.

„Kurz bevor wir das Haus betraten, bemerkte ich ein Geraschel im Gebüsch. Ich tat es als Wind ab, aber vielleicht war es etwas anderes."

„Wo Ihr es sagt … Ich glaubte auch, etwas gehört zu haben."

„Und ihr habt uns nichts gesagt?", wirft Arnt ihnen vor.

„Ich habe mir nichts dabei gedacht", erwidert Will und senkt den Blick.

„Anscheinend", ergreift Älos wieder das Wort, „haben wir es mit einem starken und geübten Verfolger zu tun. Der Punkt bewegt sich ungewöhnlich schnell und überquert dabei die Mauern des Irrgartens. Der Drache kann es nicht sein, sein Punkt hätte rot sein müssen."

„Wir wissen nicht, wer es ist und wir wissen nicht, was er will. Wir können nur darauf warten, dass er sich uns offenbart", befindet Richard und geht voran.

„Wo er Recht hat …", murmelt Älos.

Die Wege wirken nun weniger statisch. In engen Kurven, wie Schlangenlinien, laufen sie aufeinanderzu, teilen sich schwungvoll und vereinigen sich dann wieder. Pflasterstein löst den Erdgrund ab. Laternen mit bunten Glasfensterchen erhellen den Weg, der vor den Magiern liegt.

„Eine mondlose Nacht in den Gassen Calabras …", flüstert Ariagon gedankenversunken.

„Es erinnert wirklich etwas an zu Hause", sagt Erea zu ihm. „Es fühlt sich an, als seien wir schon sehr lange fort."

Sie nähern sich einer breiten Gabelung und machen Halt.

„Freunde", sagt Richard, „diese Gabelung ist auf der Karte nicht verzeichnet."

„Wie? Das kann nicht sein!", entgegnet Älos, kommt näher und nimmt die Karte unter Augenschein.

„Tatsächlich … keine Kreuzung!"

Richard schaut sich die Weggabelung genau an. An der Mauer in der Mitte, die den Weg teilt, hängt eine große Laterne, die die Umgebung in buntes,

141

flackerndes Licht taucht.

„Es ist ein Rätsel … oder eine Prüfung", begreift Richard und geht sich mit der Hand durch seine weißen Bartstoppeln.

„Oder eine Falle", ergänzt Älos.

Da erscheint aus dem Nichts ein Holzschild mit einem Runenschriftzug. Es wächst nicht aus dem Boden oder etwas in der Art, es ist einfach da und vor wenigen Sekunden war es noch nicht dort. Älos nähert sich interessiert und liest laut vor:

„Drei Proben sind zu bestehen,
Meistere sie, um weiterzugehen,
Die erste kommt auf überraschende Weise,
Oh, siehe da! Sie nähern sich schon ganz leise …"

„Gegner, die sich in diesem Moment anschleichen?", fragt Adria verwundert und wirft zweifelhafte Blicke in die Dunkelheit vor und hinter ihnen. Arnt hält seinen Kampfstab bereit und blickt sich um, die Augenbrauen konzentriert zusammengezogen. Dann schnüffelt er in der Luft.

„Arnt, was …", setzt Erea an.

„Ich rieche zwei Monster", sagt Arnt und blickt nach oben. Es gibt viele Kreaturen, die Arnt bloß mit seinem Geruchssinn identifizieren kann. Außer er wird verfälscht. In Höhlen oder unter Wasser beispielsweise. Da riecht er nicht so viel. Vermutlich riechen da aber die meisten nicht so viel. Können Fische unter Wasser riechen?

„Da sind sie!", ruft Erea und zeigt in die Dunkelheit. Zwei Harpyien stürzen mit ausgefahrenen Krallen auf Arnt hinab. Wesen, die den Schnabel sowie die Flügel, Beine und Krallen eines Greifvogels haben. Der Körper erinnert jedoch an den eines Affen.

Arnt atmet tief ein. Blitzschnell dreht er sich um die eigene Achse, wirbelt den Stab um sich herum und nutzt den Schwung, um die eine Harpyie seitlich gegen den Kopf zu treffen. Das Monster wird fortgeschleudert und kracht kreischend zu Boden. Dann donnert Arnt seinen Stab auf den Grund. Wurzeln zermalmen das Pflastergestein und schon schießt ein Baum in die Höhe. Die zweite Harpyie knallt im Sturzflug gegen den Stamm und fällt hinunter. Als sie auf dem steinernen Grund aufschlägt, hört man die Knochen in ihren Flügeln brechen.

Arnt atmet aus und klemmt sich den Stab mit einer flinken Drehung unter die Achsel. Die Harpyien geben kreischende Laute von sich, während sie über den Boden robben.

„Euresgleichen hat kein Gewissen", sagt Arnt und blickt in die Augen einer Harpyie. „Egal wie menschlich ihr ausseht, ihr denkt nur ans Töten."

Er rammt der einen den Kampfstab in den Kopf, sodass ihm das dunkle Blut ins Gesicht spritzt.

„Uäh!", ruft Erea und verzieht das Gesicht.

„Welcher Gott hat euch bloß erschaffen? Solche Grausamkeit?", sagt er und stellt sich vor die zweite Harpyie. „Welche, denen langweilig ist? Warum wollt ihr töten? Wir sind doch nicht die, die angreifen! El Artren und Darvon waren nicht die, die angriffen!", brüllt er die Harpyie an. Diese kreischt mit weit aufgerissenem Schnabel zurück. Als er in ihre

Augen blickt, fährt ihm ein Schauer über den Rücken.

„Fühlt ihr denn etwas, wenn man euch tötet? Fühlt ihr etwas?"

Sie faucht und erhebt sich, um sich auf Arnt zu stürzen.

„Fehu Ehwaz Sowilo Sowilo Ehwaz Laguz!", ruft er.

Ranken wachsen aus dem Boden und fesseln die Harpyie an Ort und Stelle.

„Anscheinend nicht …", sagt er zu sich selbst. Er geht zu ihr hin und rammt ihr den Stab durch den Bauch.

„Aber *wir* fühlen etwas."

Arnt reißt den beiden Harpyien die vier größten Krallen aus. Man erzählt sich, die Seele einer Harpyie wohne in ihren Krallen. Entsprechend begehrt sind sie bei Alchemisten und Junkern. Davon abgesehen … Sie sind hohl und eignen sich hervorragend als Trinkbecher. Er steckt sie sich in eine der Taschen seines Rauledermantels.

Richard ist verwundert … Arnt hat ähnlich reagiert wie er selbst bei den Rittern des dunklen Bundes.

Kann es sein, dass es etwas anderes ist, ob man Monster tötet oder monströse Menschen?, überlegt Richard.

„Gut gesprochen, Arnt", meint Ariagon und zieht ihn in eine kurze Umarmung.

Wo ist der Unterschied?

Ariagon klopft Arnt stärkend auf den Rücken und geht dann zu Älos, der sich wieder das Schild unter der Laterne ansieht. Die Schrift verschwindet und neue Runen erscheinen:

> *„Nutze die Kraft, die du dir leihst,*
> *Finde den Weg, den die Erkenntnis dir weist,*
> *Bestreite es, mit erhobenem Haupt,*
> *Überwinde es, was du selber glaubst"*

„Überwinde, was du selber glaubst? Was soll das denn bitte heißen …", fragt sich Erea.

„Es ist kein physisches Monster, gegen das wir kämpfen", begreift Älos. „Wir müssen gegen unser inneres Monster kämpfen. Davon stand etwas in den Büchern … Ihr müsst euren Glauben finden, findet eure Motivation! Andernfalls werdet ihr ewig träumen."

Älos stürzt bewusstlos zu Boden.

„Meister!", ruft Will und kommt herangeeilt, um nach Älos zu sehen. Doch noch während er läuft, fällt auch er um und rührt sich nicht mehr.

„Will!", ruft Adria noch, doch auch sie überkommt eine plötzliche Müdigkeit. Kurz darauf liegen die Magier allesamt in tiefem Schlummer. Sie treten eine Reise an. Eine Reise durch die vagen Bilder längst vergangener Tage.

Kapitel 16

Erea Haruki

Erea sitzt auf einer Wiese. Es ist ein Sommertag und die Sonne wirft lange Schatten über die hügeligen Felder nördlich des Flusses Lenuel. Erea ist etwa zehn Jahre jünger und blickt verträumt durch die Gegend. Ihre Eltern sind Bauern und haben dieses Jahr eine reiche Ernte. Ereas Vater kommt zu ihr und setzt sich neben sie.

„Mein kleiner Spatz", sagt er und geht ihr mit der Hand durch die schwarzen Haare. Erea lächelt. Ihre großen schwarzen Augen schimmern violett im Licht der untergehenden Sonne.

„Es ist jemand gekommen", sagt Ereas Vater und lächelt traurig.

„Wer denn?", fragt die junge Erea.

„Ein Lehrer. Er wird dich an einen Ort bringen, an dem du lernst, deine Magie zu verwenden", sagt der Vater. Erea blickt ihn verunsichert an.

„Deine Mutter und ich mussten lange dafür sparen, weißt du?", sagt er. Er hält seine Tränen zurück. „Wir werden dich nun für einige Zeit nicht mehr sehen."

„Ich will nicht weg!", quengelt Erea.

„Es ist das Beste für dich. Deine Mutter und ich behindern dich nur, bei dem was du mit deiner Gabe erreichen könntest."

„Ich will aber nicht weg!", ruft Erea und vergießt bittere Tränen. Ihr Vater nimmt sie in den Arm und streichelt ihren Kopf. „Ist ja gut."

Eine Zeit lang verweilen sie so.

„Komm mal mit", sagt ihr Vater und er nimmt Erea bei

der Hand. Er schlendert über den Feldweg, an dem ihr Bauernhof liegt. Ein hellbrauner Hengst ist dort an einem Birnbaum angeleint. Das Fell des Tiers hat einen seidigen Glanz, die Beine sind trocken, die Hufe ohne Risse. Das Pferd hebt die trockenen Nüstern, als es sie wiehernd begrüßt. Neben dem Pferd steht ein wohlgenährter Mann.

„Hallo, meine Kleine", sagt der Mann freundlich, als Erea und ihr Vater zu ihm stoßen, „mein Name ist Darvon."

Erea blickt zu Darvon hoch und versteckt sich hinter ihrem Vater. Dieser gibt ihr einen liebevollen Schubs.

„M-Mein N-Name ist Erea", sagt sie und schüttelt Darvons Hand. Darvon blickt Ereas Vater an und legt ihm eine Hand auf die Schulter.

„Es ist die richtige Entscheidung, Dirk."

Ereas Mutter kommt aus dem Haus gerannt mit einem kleinen, in Handtücher gepackten Reiseproviant.

„Hier, mein Spatz", sagt sie und gibt Erea das Päckchen.

„Mama, Papa", sagt Erea und wieder kullern Tränen über ihre Wangen, „ich will nicht, ich will bei euch bleiben!"

„Keine Sorge", sagt Ereas Mutter unter Tränen, „wir begleiten dich, wohin du auch gehst, d- du musst nur an uns denken …"

„Wir werden dir Briefe schreiben, sooft wir können", sagt Dirk.

Bevor sie aufbrechen, drückt Dirk Darvon noch einen Brief in die Hand.

„Wenn sie alt genug ist", flüstert Dirk Darvon zu. Dieser versteht und steckt ihn sich ein.

„Wir lieben dich, mein Schatz", sagt Ereas Mutter und gibt ihr einen Kuss auf die Stirn. Dirk umarmt sie noch einmal fest. Dann reiten Darvon und Erea los, der untergehenden Sonne entgegen nach Westen. Das Ziel ist die Stadt Calabra.

Die Jahre vergehen und in dem Orden der magischen Octa werden ihre Talente erkannt und man bildet sie in ihrer Magie weiter aus, bis sie selber zu einer jungen Meisterin wird. Sie wartet auf Briefe, die nie ankommen, und Darvon bewahrt den einen Brief, der ihm gegeben wurde auf. Es kostet ihn einiges an Selbstüberwindung, ihn all die Jahre für sich zu behalten, während er selbst die Wahrheit kennt ...

Erea wird nie erfahren, was mit ihren Eltern geschah, und Gelegenheit sie aufzusuchen wird sie auch nicht wieder haben. Täglich plagen sie Befürchtungen. Leben sie noch? Wurden sie aufgrund ihrer Unterstützung der Rebellen bereits getötet?
Ereas Gedanken drehen sich im Kreis, werden schlimmer, von Tag zu Tag. Bald schon ist die Finsternis in ihr zu groß. Sie hält die quälenden Gedanken für selbstverständlich und versteckt sie, ganz, ganz tief in ihr drin. Die Finsternis hält sie fest umschlungen wie ein Mantel, den sie sich umwirft.
Doch nun steht sie vor der Erkenntnis, dass sie es wissen will. Sie will wissen, was mit ihren Eltern geschehen ist. Die Finsternis, diese Unwissenheit, will nun raus und kommt ans Tageslicht. Es ist ihr nicht mehr egal. Es war ihr nie egal! Erea steht nun vor einem dunklen langen Weg, den sie alleine beschreiten muss. Finsternis, ja. In der Finsternis ist man immer allein.
Erea folgt dem Weg mit einem klaren Ziel: Wissen um der Wahrheit willen. Sie will ihre Eltern wiedersehen.

Ihre Eltern …, sie warten am Ende des Weges.

Sie fasst sich ein Herz und läuft mit geschlossenen Augen durch die Finsternis, den Weg entlang bis ins Licht. Das Ende ist die Erkenntnis. Sie hat nun ein Ziel, einen Grund, diesem Irrgarten zu entkommen, und zwar die Magierin zu werden, die sich ihre Eltern immer erträumten.

Erea erwacht.

Ariagon Carduin

Ariagon befindet sich in Calabra, einer muffigen, dreckigen Stadt, zumindest ist sie das in den kleineren Straßen und abgelegenen Vierteln.

„Schau mich an! Hey, w-wach bleiben!", sagt der Mann, der Ariagons Frau ein Messer an den Hals hält. Ariagon ist um die zwanzig. Er liegt am Boden, unfähig, sich zu bewegen. Der Mann mit dem Messer hat ihn beinahe bewusstlos geschlagen. Ariagons Lippe ist geplatzt, die Augen sind blau untermalt, das Gesicht geschwollen. Stechende Schmerzen breiten sich von seinem linken Arm und Fuß aus über seinen ganzen Körper aus. Stellen, derer sich der Bandit mit besonderer Hingabe annahm.

„D-Du gibst mir jetzt dein ganzes Geld und … und alle Wertgegenstände, die du bei dir trägst!"

„Ist gut!", bettelt Ariagon, „nur bitte töte sie nicht!"

„Her mit dem Geld!", brüllt der Bandit mit Tränen in den Augen.

Ariagon greift mit einer blutenden Hand in seine Tasche und zieht einige Silbermünzen hervor.

„Hier", sagt er mit zittriger Stimme, „das ist alles, was ich habe."

Der Mann zählt die paar Münzen und lacht gackernd. Zitternd zieht er die Augenbrauen zusammen. Die Falten auf seiner Stirn beben. Dann sagt er etwas, das Ariagon akustisch nicht versteht.

„Du sprichst zu leise, ich versteh…"

„… REICHT NICHT!"

„Ich habe nicht mehr!" Ariagon rinnen Tränen übers Gesicht.

„Ich bring sie um", sagt der Mann und seine Augen weiten sich.

„NEIN! BITTE!", brüllt Ariagon, „ich tue alles, was du willst!"

Ariagons Frau weint leise während ein Tropfen Blut sich seinen Weg in ihr Dekolleté sucht. Die Hand, die das Messer hält, zittert.

„Ich … ich brauche nur Geld. Ich … brauche es ganz einfach!", flüstert der Mann. „Verstehst du?"

Ariagon schaut zu Boden und versucht seine Tränen zu unterdrücken, um die Situation zu meistern.

„VERSTEHST DU?", brüllt er wieder und tritt Ariagon heftig gegen den Bauch. Ariagon muss husten und spuckt Blut aufs Straßenpflaster. „Nein, lass ihn!", ruft Ariagons Frau deren Tränen sich mit dem Blut vermischen, dass ihren Hals hinunterläuft.

„Ich tu es. JETZT!", schreit der Mann und schneidet der Frau die Kehle durch. Sie fällt aus seinen Armen und landet vor Ariagon auf dem Boden. Ariagon zuckt zusammen und hört auf zu weinen. Sein gebrochenes Bein ist unwichtig. Seine inneren Blutungen sind belanglos. Er erhebt sich. Das braune Haar hängt ihm in Strähnen vorm Gesicht. Bloß seine blutverschmierten Mundwinkel sind hinter dem Vorhang zu erahnen.

Der Mörder mustert unterdes seine Hände. Sie zittern als stünden sie unter Strom. Das Messer fällt ihm aus der Hand.

„Ich h-hab es getan. W-Was h-habe ich denn nur getan …", stammelt er.

„Du hast ihr die Kehle aufgeschlitzt", erklärt Ariagon mit bebender Stimme. „Der einzigen Person, der ich je mein Herz öffnete, hast du ein Ende gesetzt."

„Es, i-ich wollte nicht, i-ich konnte doch n-n-nicht …", stammelt er.

„Behalt mein Geld, du kannst es haben, mein Leben kannst du auch haben. Denn es kümmert mich nicht länger …", murmelt Ariagon. Er schwankt im Stehen hin und her wie eine Puppe an Fäden.

„Jetzt ist alles egal, denn sie …", Ariagons Hände werden zu Fäusten, „war mein Leben!"

Der Lebenswille, der jedem Lebewesen eingehaucht wurde, verfliegt und mit diesem seine Schmerzen. Es ist hart, ja. Gestein ist es auch.

Der Mann mit dem Messer brüllt auf. Seine Füße sind von der gepflasterten Straße zerquetscht worden. Die Erde wächst an seinem Körper empor und verschlingt den Mörder letztlich vollkommen. Zuletzt ertönt ein ersticktes Qualgeschrei, bevor er an einer Mischung aus Schmerz, zerquetschten Körperteilen und mangelndem Sauerstoff stirbt. Ariagon hat eine Skulptur geschaffen. Ein Meisterwerk, nach dessen Vollendung Ariagons Schmerzen wiederkehren. Er bricht zusammen und weint bitterlich. Auf allen Vieren kriecht er zu seiner Frau, die im Schlamm liegt.

„Ich liebe dich", flüstert er und gibt ihr einen Kuss auf die Stirn. Dann bleibt er regungslos neben ihr liegen. Es wird dunkel um ihn herum.

Was bin ich nur für ein Mensch? Nicht fähig, seine Frau zu beschützen. Nur fähig, Rache mit Gerechtigkeit zu verwechseln, denkt sich Ariagon. *Ich will sie beschützen können. Alle, alle um mich herum will ich beschützen! Ich will stärker werden! Die Quelle meiner Kraft soll nicht länger die Trauer, sondern die Kraft selbst sein.*

Der Schatten eines Mannes fällt auf ihn. Er trägt das Octazeichen an seiner Brust. Ariagon nimmt ihn schon nicht mehr wahr.

Um die zu beschützen, die mir am wichtigsten sind ... muss ich leben.

Ariagon schnappt nach Luft und erwacht.

Adria Baldar und Will Gray

Will ist in einem Bauerndorf nahe Calabras. Es ist Mittag und die Bauern arbeiten gerade auf ihren Feldern. Ab und zu hört man jemanden rufen und einer etwas abseits notiert sich Zahlen auf einer Wachstafel. Ein Liedchen vor sich hin pfeifend, geht Will das Maisfeld entlang. Abgesehen davon, das Wetter an der frischen Luft zu genießen, hat Will heute vor, ein Fräulein aufzusuchen, das heilendes Wasser besitzen soll. Er ist im Auftrag des Ordens der magischen Octa unterwegs. Älos, ein Windmagier, der vor kurzem sein Meister geworden ist, hat sich eine schlimme Erkältung eingefangen. Das Fräulein soll ihn hier vor einem Blockhaus auf ihn warten.

Will folgt dem Weg noch ein paar Minuten und sieht dann in der Ferne eine Frau, die ihm lächelnd zuwinkt. Sie ist einfach da, wie aus dem Nichts. Ihre blonden Haare leuchten in der Sonne und wehen leicht in der aufkommenden Brise. Sie ist etwa so alt wie er, vielleicht achtzehn oder etwas jünger. Er läuft die letzten Meter zu ihr hin und bleibt dann vor ihr stehen. Große blaue Augen mustern ihn.

„Du musst Will sein", sagt sie.

„Ja, ähm, ist das so offensichtlich?", fragt er verunsichert.

„Nein, aber hier laufen nicht viele mit Lederjacke und Schwert durch die Gegend", sagt sie und schenkt ihm ein Lächeln.

„Oh, also, ja. Das ist wohl nicht unauffällig. Also, du bist Adria, richtig?"

„Ja, und ich gebe dir auch direkt das Heilwasser, warte."

Sie geht in das Blockhaus, vor dem sie gewartet hat, und holt eine Phiole.

„Hier", sagt sie und überreicht sie ihm.

„Danke", sagt Will und versucht gelassen zu wirken als er nach der Phiole greift. Er streift dabei jedoch Adrias Handfläche und zuckt zurück, verspürt aber zugleich den Wunsch, sie erneut zu berühren. In Gedanken versunken nimmt er sachte ihre Hand. Sie ist an manchen Stellen etwas rau, aber ansonsten sanft und ihre Finger sind filigran. Als er bemerkt, dass er ohne einen klaren Grund ihre Hand berührt, läuft er rot an und greift schnell die Phiole.

„Ich danke dir vielmals", piepst er und macht eine tiefe Verneigung.

„Keine Ursache, damit wird es Meister Älos bald wieder besser gehen", antwortet sie und lächelt.

Für einige Sekunden ist es peinlich still, aber Will bleibt stehen, statt zum Rückweg aufzubrechen. Adria klemmt sich etwas verlegen ihre blonden Haare hinters Ohr und blickt ihn an. „Will, ist noch was?"

„Nein, ist nicht so wichtig! Ist nichts!"
Dann dreht er sich um und läuft den Weg zurück, schnell wie der Wind. Als er außer Sichtweite ist, läuft Adria ebenso rot an und fasst sich mit beiden Händen an ihre Wangen.
„Oh nein, was mach ich nur!"

Was ist das?, fragen sich Will und Adria beide. Eigentlich ist es klar. Ein Gefühl, für das es sich zu kämpfen lohnt. Eine Emotion, die über alle anderen Gefühle siegt und diese auch vereint. Es ist ein Band, das die Personen miteinander verbindet.
Es vereint den Schmerz mit dem Hass, schafft Kummer und Eifersucht, auch Freude und Zuversicht. Alles entspringt diesem einen besonderen Gefühl, wie ein Fluss zum Meer wird, aber einer Quelle entspringt.
Und aus diesem Schmerz, dieser Zuneigung, dieser Sehnsucht, dieser Wut, dieser allgegenwärtigen Liebe und aus dieser ersten Begegnung entspringt sie, die Erkenntnis:
Du bist mein Grund, weiterzumachen, verstehen beide zugleich. Sie schnappen hustend nach Luft und erwachen.

Rebecka Faris
Rebecka ist alleine. Es brennt. Um sie herum bricht der erste Stock stückchenweise herunter. Sie ist noch jung, noch ein Kind, nicht älter als zwölf. Eines der Holzstücke ist auf ihr Bein gefallen und sie kann sich nun nicht mehr fortbewegen. Es ist heiß und die Luft wird immer stickiger. Der Rauch benebelt ihre Sinne und nach kurzer Zeit verliert sie das Bewusstsein. Sie liegt alleine im brennenden Haus.

Die Ritter der Stadtwache von Azbalon haben eine Kette gebildet und tragen Eimer herbei. Die Bewohner im näheren Umfeld helfen auch aus. Doch der Brand ist von einem Haus auf zwei weitere übergesprungen. Und er breitet sich weiter aus, dabei müsste er eigentlich durch die Löschmaßnahmen eingedämmt werden …

Rebecka weiß noch nichts vom Orden und kennt Magie nur vom Hören. Dass sie eine Feuermagierin ist, weiß sie nicht und genauso wenig können sie, die Ritter und Dorfbewohner, wissen, dass Rebecka der wahre Grund für das Feuer ist.
Sie erfuhr vor wenigen Minuten von einem Nachbarn, dass ihr Vater bei einer Straßenprügelei diese Nacht umgekommen ist. Das bedeutet für sie, sie ist nun alleine auf der Welt. Es gab bloß noch ihren Vater und sie. Und wenn man einen geliebten Menschen verliert, kann das Mächte wachrufen, die stärker sind als ein gewöhnlicher Zauber. Diese emotionale Magie ist kaum zähmbar. In dieser Nacht breitet sich das Feuer noch weiter aus und manch einer segnet das Zeitliche in den Flammen, aus denen sich bald schon ein Phönix erheben wird.

Nun ist sie in diesem Irrgarten. Ihr Feuer riss sie aus ihrem vorigen Leben und bescherte ihr dieses hier.
Ich konnte mich nicht zügeln, erinnert sich Rebecka, *doch ich habe aus meinem Fehler gelernt. Nie wieder will ich Leute in Gefahr bringen!*

Sie ist wie Feuer. Unberechenbar, unkontrollierbar. Doch als Mensch hat sie die Möglichkeit, sich selbst zu kontrollieren. Ein Teil von ihr würde gerne frei sein und ein anderer Teil ist sich der zerstörerischen Natur des Feuers bewusst. Doch Rebecka opfert ihren Willen nach Freiheit und entschließt sich, in der glühenden Hitze einen kühlen Kopf zu bewahren.

Kontrolle über mich selbst, sagt sie sich. *Ich werde meine Kontrolle an diesem Ort nicht verlieren!*

Rebecka öffnet ruckartig ihre Augen, wie nach einem Albtraum, und atmet tief ein. Sie war gehüllt in Flammen.

Arnt Cliff

Arnts grüne Augen irren hektisch umher. Es ist dunkel. Die namenlosen Wälder nördlich Lignums sind kalt und hügelig. Arnt hat seine Freunde aus den Augen verloren. Alles Kinder, so wie er. Sie wollten gemeinsam die Lignumbestie suchen gehen, ein sagenumwobenes Wesen, dass sich in diesen Wäldern herumtreiben soll. Die anderen Kinder haben die letzten Abende Gruselgeschichten von ihr erzählt. Dass die Bestie gerne Kinder mit grünen Augen fräße. Und nun ist Arnt hier. Alleine. Hilflos.

Er hat sich an den Stamm einer Eiche gelehnt. Der eisige Wind greift unter seine Klamotten. Seine Zähne klappern, er zittert am ganzen Leib. Arnt zieht die Beine an die Brust und schlingt die Arme um die Knie. Die Büsche um ihn herum rascheln im Wind … Der Wind, definitiv.

Der Schauer, der ihm den Rücken hinunterläuft, erreicht seine Klimax, als das Heulen eines einsamen Wolfes durch die Wälder hallt und mit dem Wind zu fernen Ohren getragen wird.

Ich will hier weg!

Er hält sich die Hände vors Gesicht und verdeckt seine

Augen. Tränen kullern unter seinen Händen hervor. Arnt weiß, dass niemand kommen wird, um ihn zu retten.

In dem Moment fasst Arnt einen Entschluss. Er wird seine Angst einfach mit seinem Übermut überspielen. Er will die anderen nicht täuschen, nur sich selbst.

Ich habe keine Angst, sagen sich der Arnt aus der Erinnerung und der Arnt, der im Irrgarten auf dem Boden liegt. Der junge Arnt redet es sich nur ein. Doch der ältere Arnt gelangt nun zu seiner Erkenntnis.

Das ist es! Ja, das ist Mut. Denn nur wer ängstlich ist, kann mutig sein. Man muss seine Angst überwinden, um an sich selbst zu wachsen.

Der Arnt aus der Erinnerung erhebt sich und versucht sich zu erinnern, wo er seine Freunde aus den Augen verloren hat. Er ist im Wald, er wird den Weg sicher wiederfinden, in der Natur hat er doch immer die Orientierung behalten, auch wenn alle anderen nicht wussten wo lang. Arnt sucht in der näheren Umgebung, riecht in der Luft, untersucht die Vegetation. Ruhig und überlegt.

Ich bleibe mutig! Standhaft, Arnt!, mahnt er sich selbst.

Bald schon entdeckt er Sträucher, die ihm bekannt vorkommen und ihn zurück zum Weg führen, den er verloren hatte. Er folgt diesem und hat die Kinder, mit denen er unterwegs war, schnell eingeholt.

„Schaut mal, er hat sich in die Hosen gemacht!", ruft eines der Kinder und zeigt auf Arnt, als er zu ihnen stößt. Sie lachen ihn aus, aber das kümmert ihn wenig.

So leicht ist es also, mutig zu sein, denkt sich der ältere Arnt und hat seine Erkenntnis gewonnen, seinen Drang, diesen endlosen Mauern zu entkommen. Seinen Drang, endlich wieder einen blauen und keinen schwarzen

Himmel zu sehen.

Arnt will nie wieder so hilflos sein wie damals im Wald. Er will sich nicht selbst täuschen, um mutig zu sein, sondern seiner Angst mit offenen Armen gegenübertreten, sie freudig empfangen, um sie zu überwinden. Er will seinen Freunden nie wieder ein Problem sein. Hätte er sich von der Karte des Irrgartens nicht so leicht verwirren lassen, wären Darvon und El Artren jetzt vielleicht noch am Leben. Ja, er trägt einen Teil der Schuld und empfängt sie mit offenen Armen, um sie zu überwinden.

Ich werde keinem mehr zur Last fallen, ich werde nie wieder schwach sein!

Er brüllt es aus sich heraus, als er die Augen öffnet und der dunkle Wald nördlich Lignums zu nichts weiter als einer trüben Erinnerung verblasst.

Arnt ist zurück.

Älos

Älos läuft so schnell er kann. Seine Lungen brennen, doch er darf nicht anhalten, die Verfolger sind zu zahlreich. Er sieht verändert aus: Seine Gesichtszüge sind härter, er ist dünn, fast mager, dafür aber sehr groß. Fast als stünde jemand ganz anderes vor einem. Vermutlich ist das dem jugendlichen Alter und dem fehlenden Bart zu verschulden …

An Älos Seite laufen zwei seiner Freunde. Vor wenigen Tagen waren sie noch zu viert, doch das Haus verlangte nach einem Leben. Sie haben keine Karte, kein Buch. Älos weiß schon gar nicht mehr, wie lange sie hier sind.

„Da rüber, schnell!", brüllt Älos' Mitstreiter und sie

sprinten über eine große Kreuzung. Pfeile fliegen an ihren Köpfen vorbei. Sie werden von zahlreichen Skeletten mit Schattenbögen verfolgt. Zwei Ghule nähern sich ihnen aus einem anderen Gang. Einer der Magier bleibt stehen. „Lauft!", ruft er.

„Zal, das schaffst du nicht!", ruft Älos und zieht an Zals Umhang.

„Ich verschaffe euch etwas Zeit. Das Portal kann nicht mehr weit sein ... geht jetzt!"

„Aber ...", setzt Älos an, wird jedoch von dem anderen mitgezerrt.

„Respektiere seinen letzten Wunsch!"

„Fehu Ehwaz Raidho Gebo Ehwaz Hagalaz Ehwaz!"

Als Älos sich umdreht, sieht er, wie die Skeletthorde auf Zal zustürmt. Die ersten drei werden vom Zauber getroffen. Ihre Knochen verfärben sich schwarz und sie zerfallen zu Knochenmehl. Doch im nächsten Moment überrennt die Horde Zal und es ertönt ein markerschütterndes Qualgeschrei, als die Kreaturen ihn ausweiden. Älos versucht wegzuhören, doch es gelingt ihm nicht. Heiße Tränen steigen ihm in die Augen. Bald schon gelangen er und sein Gefährte an einen runden Platz. In der Mitte prunkt ein Torbogen. Ein blasser violetter Dunst wabert in diesem, gleich dem Totenschleier einer Jungfrau. Sie haben es erreicht, das Portal. Und zwischen ihnen und dem Portal: überall Monster.

„In die letzte Schlacht, mein Freund", sagt Tantris, der letzte, der von Älos Freunden noch übriggeblieben ist.

„Ja, auf ins letzte Gefecht!", sagt Älos und sie geben sich die Hand.

Sie kämpfen sich durch Celli und Müffler, Orks und Trolle, Perytons und Wimmelritter, Gürgler und Würgler, doch das Unheil, das am Portal auf einen

jeden wartet, der Wächter, muss bezwungen werden …
Als Älos in den Schleier tritt und sich siegessicher zu
Tran umdrehen will, stellt er fest, dass dieser am Boden
liegt, sein Kopf unnatürlich weit verdreht. Er streckt die
Hand nach seinem Freund aus und noch im selben
Moment teleportiert ihn das Portal fort.

Er erinnert sich noch, wie er vor der Tür des schwarzen
Hauses zusammenbricht. Der Ort, über den sie die
andere Dimension betreten haben, und der Ort, über
den Älos sie alleine wieder verlassen hat.

Schuld, erinnert sich Älos, *wiegt schwerer als alles
andere auf der Welt. Ich ließ meine Freunde zurück
und rettete mich selbst. Diese Schuld kann ich niemals
zurückzahlen.*

Seine Gedanken wirbeln wild, wie Wind. Älos hat das
Gefühl, nicht mächtig genug zu sein. Er hat zu viel
verloren, zu viel durchlitten. Starben seine Freunde
aufgrund seines Starrsinns? Weil er sie in das Haus
schickte?

Es wiederholt sich … alles wiederholt sich!, wimmert
Älos. *Zwei sind bereits gestorben. Ich habe das zu
verantworten …*

Und so fesselt ihn die Schuld noch einige Minuten, bis
er einen Entschluss fasst. Es wird keiner mehr sterben,
und wenn doch … dann soll er es sein! Das ist seine
Wiedergutmachung.

Das ist meine Verpflichtung!

Keiner weiß, wie stark Älos wirklich ist. Keiner weiß,
wer er wirklich ist. Obwohl ihm solche Kraft innewohnt und obwohl er so alt und belesen ist, kann er auf
seine eigentlichen Kräfte nicht zugreifen. Und er ist
noch schwächer: Er schafft es nicht, die Wahrheit zu
sagen. Aber er hofft, dass er es wenigstens noch
schaffen wird, sein Versprechen einzuhalten, denn er

gab es einem seiner Schüler. Er darf das Versprechen nicht brechen. Ein zweiter Grund, dem Irrgarten zu entkommen, weshalb er letztendlich sogar gegen die Regeln verstößt. Aber sei's drum. Dann sind die anderen eben sauer auf ihn.

Älos erwacht, angetrieben von seinem Versprechen und dem Drang zur Selbstaufopferung ... Aber auch ohne diesen Willen hätte ihn dieser lächerliche Zauber nicht lange daran hindern können aufzuwachen. Immerhin reden wir hier von Älos und wer Älos ist, das weiß man eben nicht so genau. Auf jeden Fall ist er ein kleines bisschen durchgeknallt.

Richard Cliff
Richard ist leer. Er hat keine Erinnerungen, kaum Emotionen. Er kann keine Erkenntnis gewinnen, denn es gibt in ihm keine Motivation, diesem Ort zu entkommen. Doch weshalb lächelt er vor jedem Kampf, weshalb hat er Gefallen daran gefunden? Ist das vielleicht sein neuer Antrieb? Will er diesem Ort gar nicht entkommen? Es gefällt ihm, sich zu verausgaben, er liebt es, alles zu geben, doch er hat keinen Grund, alles zu geben. Ein Kampf ohne Sinn ist kein Kampf. Für wen oder was kämpft er denn? Für Freunde, die er kaum kennt? Für eine Frau, die er glaubt, geliebt zu haben, ohne sich an sie zu erinnern?

Vielleicht ist das seine Erkenntnis. Die Leere selbst. Die Leere, die Wizzle ihn lehrte, so viele Jahre lang ... Wizzle ... da war ja was. Richard *ist* die Leere. Leibhaftig. Richard braucht weder Erkenntnis noch Zuversicht. Er braucht nichts, denn nichts ist besser als nichts.

Ohne das Gefühl zu haben, diese Leere verstanden zu haben, verweilt er im farbenlosen Traum.

Kapitel 17

„Richard!", ruft Arnt und kniet vor ihm nieder.

„Bei den Göttern, nicht schon wieder!", klagt Adria und schlägt die Hände überm Kopf zusammen.

„Was ist pass-?", setzt Erea an.

„Er scheint gefangen im Traum", unterbricht Älos sie und drängt Arnt beiseite. Dann legt er den Handrücken an Richards Stirn. Älos nickt und zieht zwei Runensteine hervor, die er Richard auf die Augen legt. „Wir haben Erinnerungen durchlebt und sind gestärkt aus diesen hervorgegangen. Doch Richard ist leer. Er erinnert sich bloß an die letzten paar Tage. Es gibt für ihn keinen Grund, dem Irrgarten zu entfliehen."

„Heißt das, er ist nun für immer gefangen in der Leere?", erkundigt sich Rebecka mit besorgtem Blick und tritt an Älos Seite. „Es muss doch einen Ausweg geben!"

„Seine früheste Erinnerung bist du", erklärt Älos hastig, streicht mit Zeige- und Mittelfinger über die Runeninschriften und spricht einen leisen Zauber.

„Ist das Windmagie?", wundert sich Ariagon und zieht die Augenbrauen zusammen.

„Nein ... ein ... ähm ... ein alter Zauber, der im Codex Herpentil niedergeschrieben wurde", erklärt Älos.

„Aber wie könnt Ihr ihn ...", wundert sich Will.

„Die Steine. Sie wirken zwar nur einmal, aber das reicht hoffentlich. Rebecka!"

„Ja?", quiekt diese und zuckt zusammen.

„Du bist seine früheste Erinnerung. Du musst ihn ein weiteres Mal zurückholen! Schnell, leg einen Finger auf den linken Stein!"

Rebecka tut wie ihr geheißen. Älos legt einen Finger auf den anderen Stein.

„Nun sprich zu ihm."

„Aber was soll ich denn sagen?"

„Du hast es schon ein Mal geschafft. Du schaffst es wieder!"

„Ich weiß doch gar nicht wie!"

„Rebecka! Es bleibt keine Zeit!", mahnt Arnt.

Leere. Sie ist zwischen allem, was ist. Sie ist in allem, was ist. Dort, wo Atom neben Atom liegt, das Vakuum siedelt, der Verstand versagt, die Erinnerung verblasst, Subjekt gleich Objekt und niemals dasselbe ist, wo Welten sich selbst gebären und vergehen, niemals existierten, wo Licht zu Schatten und Schatten zu Licht wird, wo ... wo bin ich?

Richard blinzelt. Um ihn herum ist Nichts. Das heißt nicht, dass es dunkel ist ... oder hell. Es ist einfach leer. Er besieht sich seine Hand und glaubt sie aus den Augenwinkeln zu erkennen. Aber dann verschwindet sie, sobald er die Finger anvisiert.

Bin ich?, fragt sich Richard und berührt seine Lippen. Fühle ich?

Dann erscheint ein Licht, das keinen Schatten wirft. Ein warmes Licht, ein flammendes Auge. Es wächst und schrumpft und wächst wieder, pulsiert wie ein Herz. Im ständigen Kampf mit sich selbst und dem, was es umgibt.

Komm zurück!, befiehlt das Auge.

Ich kenne deinen Ton, denkt Richard und streckt seine Hand nach der brennenden Iris aus. Als der Flammenring ihn berührt, fällt er hinein, tief hinein in das Auge. Er durchwandert Raum und Zeit, was wirklich ist und ... erwacht.

„AAAHH!", brüllt Richard und springt hoch. Die Steine purzeln dampfend zu Boden. Der Runenschriftzug blättert ab.

„Götter!", erschreckt sich Älos, stolpert rückwärts und fällt auf den Allerwertesten.

„AAAHH!", brüllt Richard wieder mit weit augerissenen Augen. Er atmet schwer, dreht sich einige Male wild gestikulierend um sich selbst und kommt dann schwankend zum Stillstand.

„Bin ich?", fragt er schließlich an Rebecka gewandt. Sie kommt zu ihm, legt ihm eine Hand an die Wange und nickt sanft. Richards Atmung beruhigt sich. Er blickt sich um, sieht die anderen und erinnert sich wieder.

„Wir sind im Irrgarten", sagt er und schluckt. „Du bist Rebecka Feuerauge."

„Mein Familienname ist Faris", korrigiert Rebecka.

„Feuerauge", wiederholt Richard.

„Wenn du es sagst." Sie kann sich ein Grinsen nicht verkneifen, zumal die beiden Runensteine vorhin scheinbar recht heiß geworden sind und um Richards Augen herum zwei rötliche Kreise hinterlassen haben.

„Bist du in Ordnung, Bruder?", möchte Arnt wissen und legt Richard eine Hand auf die Schulter.

„Ja … ich … ja, ich denke schon."

„Sehr gut, denn uns bleibt keine Zeit für eine Verschnaufpause", sagt Erea, die auf das Schild unter der Laterne deutet. „Es sind neue Runen erschienen."

„Bewältigen wir die letzte Aufgabe und lasst uns zum Portal gelangen", sagt Ariagon und schlägt mit der Faust in die offene Handfläche. Älos nickt Ariagon zu, erhebt sich und trägt nach kurzem Räuspern vor, was auf dem Schild geschrieben steht:

„Es wurde bestanden und Erkenntnis gewonnen,
Gedenket der Toten, die die Mauern erklommen,
Beendet es heute, hier und jetzt,
Im zeitlosen Irrgarten, sonst sitzt ihr hier fest."

Älos dreht sich langsam zu den anderen um, die ihn mit entsetzten Blicken bedenken.

„Tote, die Mauern erklimmen?", wiederholt Adria.

„Das ist nicht gut ...", spricht Erea mit düsterer Stimme und blickt an den Mauern hoch. „Ich weiß, welches Übel uns droht."

„SOFORT, ALLE HINTER MICH!", ruft Richard und zieht Christak. Die Magier versammeln sich in seinem Rücken.

„Erea, ist es das, von dem ich glaube, was es ist?", flüstert Älos ihr ins Ohr.

„Ja. Wir kämpfen hier gegen Wiedergänger", sagt sie und beißt die Zähne zusammen.

„Was sind denn das für welche?", möchte Adria wissen.

„Leichen, die sich bewegen, in deren Brust jedoch kein Leben wohnt", erklärt Erea. „Wiedergänger sind mordlustig, sehen fast aus wie Menschen, haben jedoch nichts mehr mit ihnen gemein. Es ist die Finsternis, die sie heimgesucht hat."

Man hört leises Gestöhne aus zahllosen Kehlen. Dann entzünden sich weitere Laternen mit bunten Fensterchen und werfen Lichtflecken auf ein Meer an toten, fahlen Körpern. Ihre Oberarme sind länger und kräftiger, die Beine kürzer als bei Menschen, sodass sie auf allen Vieren laufen. Sie haben kalte, milchige Augen. Aus allen Richtungen strömen sie herbei, die Wege sind randvoll. Weitere klettern an den Mauern herab, um sich den Massen anzuschließen.

„Verdammt!", flucht Will.

„Ich zähle zweihundertsiebenundsechzig", sagt Erea.

„Wie hast du …?", fragt Arnt.

„Das sind Wesen der Finsternis und ich bin Magierin der Finsternis."

„Warum hast du sie dann nicht früher bemerkt?", möchte Arnt wissen.

„Sie waren verschleiert! Irgendein Zauber … Es hängt vermutlich mit der Prüfung zusammen!"

„Das schaffen wir nie im Leben", sagt Rebecka aus trockener Kehle und mit weit aufgerissenen Augen.

„Dann pass mal auf." Richard grinst etwas spöttisch und nimmt eine klassische Kampfposition ein. Dabei stellt er sich seitlich schulterbreit hin und umfasst Christak fest mit beiden Händen. Die Spitze des Schwertes zeigt in Richtung des Weges, den sie gekommen sind. Dann stürmt er auf die Wiedergänger zu.

„Richard, bist du wahnsinnig?", brüllt Älos ihm hinterher.

Richard lächelt, als er in die leblosen Augen seiner Gegner sieht … fast wie die seinen. Dann streckt er seine linke Hand der Feindesschar entgegen und spricht: *„Perthro Othala Raidho Tiwaz Ansuz Laguz!"*

Vor ihm erscheint ein Portal, in das er hineinrennt. In dem Moment, in dem es sich wieder schließt, öffnet sich ein anderes über den Köpfen der Monster, aus dem er hervorgesprungen kommt. „Nehmt das!"

Die ersten Wiedergänger werden zerstückelt.

„Auf geht es, meine Freunde, scheut nicht diesen Kampf! Scheut nicht die Gefahren! Genauso wenig wie El Artren und Darvon es taten!", ruft Ariagon.

Arnt und Erea ziehen ihrerseits ihre legendären Waffen und stürzen sich auf die Wiedergänger. Unterdes wirken die anderen Fernkampfzauber. Adria beschwört Wasser aus ihrem Trinkbeutel. Es verbindet sich zu einem Strahl, der durch die Luft saust und seine Gegner durchbohrt. Will nährt unterdes Rebeckas Feuer, das bereits viele Wiedergänger befallen hat, mit seinem Wind. Innerhalb kürzester Zeit gehen zahlreiche Nachtkreaturen daran zugrunde.

„Feuer scheinen sie gar nicht zu vertragen!", ruft Will Rebecka zu. Ariagon bricht mit einem Tritt auf den Boden fast mannsgroße Brocken aus der Erde, die er mit Faustschlägen in die Monstermenge befördert. Älos' Taktik ist hingegen recht speziell: Er erhebt sich in die Lüfte und hüpft wie ein Kind auf einer Matratze über die Köpfe der anderen hinweg. Luftschnitte sausen Wurfsternen gleich aus seinen Händen. Mit jedem Sprung ein Schnitt.

„Meister, Ihr seid wie ein Ball!", ruft Will und muss grinsen.

„Was sagst du, Will?", ruft Älos zu ihm hinunter.

„Nicht so wichtig!"

Erea und Arnt kämpfen mittlerweile Rücken an Rücken. Mit jedem getöteten Monster steigt die Kraft des Schwertes der schwarzen Seelen. Immer eleganter werden die blutigen Schläge, immer imposanter wird das Zerstückeln. Arnt zertrümmert den Wiedergängern währenddessen mit seinem knöchernen Kampfstab die Schädel und stößt ihnen in ihre großen milchigen Augen. Kreischend nehmen sie Abstand von den beiden.

Sei mutig!, befiehlt sich Arnt.

Stirb hier nicht, du willst doch deine Familie wiedersehen!, sagt sich Erea.

Doch trotz all ihrer Angriffe will die Masse der Wiedergänger nicht schrumpfen. Bald darauf hat

Richard sich zu ihnen durchgekämpft.

„Arnt, Erea, das werden hier zu viele! Ich sag es zwar nur ungern, aber wir müssen uns zurückziehen!"

„Gute Idee! Aber wohin? Sie kommen von überall!"

Normalerweise kann man sich immer irgendwohin zurückziehen. Hier gilt es jedoch eine Probe zu bestehen.

„Ich habe eine Idee", sagt Richard, „folgt mir!"

Erea, Arnt und Richard bahnen sich ihren Weg durch die Wiedergänger in Richtung von Ariagon, Rebecka, Adria und Will, die bisher mit ihrer Zauberkraft aus der Ferne gekämpft haben. Da ertont ein Schrei in Richards Rücken. Er kommt von Arnt. Ein Wiedergänger hat ihm in die Schulter gebissen. Richard stößt der Kreatur sein Schwert durchs Maul.

„Arnt!", ruft er, packt dessen Hand und zieht ihn die letzten Meter aus dem Chaos. Die Wiedergänger verfolgen sie bereits, doch Erea bleibt standhaft. Ihr Schwert hat an Stärke hinzugewonnen. „Es wird leichter, es wird schärfer …! Nun gut, ich verschaffe euch etwas Zeit! Älos! Ich brauche hier deine Hilfe!"

Erea zwinkert Richard und Arnt zu, als auch schon Älos herbeigeflogen kommt.

„Ich hoffe, du hast einen guten Plan!", ruft sie Richard noch zu.

„Ich zähle auf dich!", versichert dieser ihr.

„Komm heil zurück!", ruft Arnt ihr noch zu und fasst sich an die Schulter, als ein stechender Schmerz seinen Körper durchfährt.

„Rebecka!", ruft Richard.

„Arnt, wie geht es dir?", fragt sie.

„Es ist nicht so schlimm", antwortet dieser.

„Rebecka, ich habe eine Idee", sagt Richard und deutet auf sie. „Dein Feuer wird uns retten!"

„Mein Feuer?"

„Sie reagieren empfindlich darauf", erklärt er. „Du musst jetzt Folgendes tun …"

Während Richard Rebecka seinen Plan schildert, halten die anderen die Wiedergänger fern so gut es geht. Älos und Erea sehen sich bald schon dazu gezwungen, ihren Posten aufzugeben.

„Uns bleibt keine Zeit!", ruft Erea und schlägt der nächststehenden Kreatur das Haupt ab.

„Richaaaard!", ruft Adria. Die Wiedergänger stürmen mit einem Mal von allen Seiten auf die Magier zu. In dem Moment dreht sich Richard um, sieht die Monstermasse entschlossen an und brüllt: „Jetzt, Rebecka!"

„*Fehu Ehwaz Uruz Ehwaz Raidho Sowilo Tiwaz Uruz Raidho Manaz!*", ruft sie und schießt einen gewaltigen Feuersturm direkt auf Richard.

„WAS TUST DU?", brüllt Arnt.

Da streckt Richard seine Arme in Richtung des Feuers und schließt die Augen. Er selbst hört nur noch seinen Herzschlag. Er konzentriert sich auf das schneller werdende Trommeln in seiner Brust und wartet den richtigen Moment ab. Weder zu früh noch zu spät darf er reagieren.

„*Vakuumsphäre!*", brüllt er und fängt das Feuer in seinen Händen. Seine weißen Haare wirbeln wild um ihn, während die gesamte Kraft des Feuersturms in die Vakuumsphäre aufgesogen wird. Sein Rauledermantel flattert und seine Hände zittern.

„DUCKEN!", ruft er und die Magier werfen sich zu Boden. Dann setzt er das gefesselte Feuer in alle Richtungen frei. Tobend und unaufhaltsam breitet sich der Feuersturm in alle Richtungen aus. Er verschlingt die Wiedergänger innerhalb weniger Sekunden. Schließlich versiegen die Flammen und der Schleier der Vakuumsphäre in Richards Händen verschwindet. Dann umfängt ihn Dunkelheit.

Kapitel 18

„Das war ein erstaunlich guter Plan", gesteht Erea.

Ereas Gesicht sieht Richard als Erstes, als er wieder zu sich kommt. Sie hält noch immer das Schwert der schwarzen Seelen in Händen. Der sonst weiße Seelenstein in der Parierstange leuchtet.

Die anderen hocken um ihn herum auf dem Boden. Die vielen Laternen sind erloschen. Bloß die große am Scheideweg brennt beständig weiter und wirft ihr buntes Licht auf das Schild. Oh … Moment. Das Schild ist verschwunden!

Dann fällt Richard ein neues Licht ins Auge, ein brennendes blaues. Es schwebt knapp über dem Boden des linken Weges.

„Richard, bist du wach?", fragt Rebecka erschöpft. Sie hockt rechts neben ihm.

„Ja", murmelt er benommen, streicht sich die Haare aus dem Gesicht und fixiert den blauen Flammenball.

„Du stellst noch einen Rekord in Sachen bewusstlos werden auf", neckt Arnt ihn.

„Ist das …?"

„Ein Irrlicht", beantwortet Älos. „Sonst halten sie sich in der Zwischenwelt auf."

Er hustet kurz und blickt zum Irrlicht hinüber. „Sie gelten als Wegweiser des Guten und sollen die Suchenden stets an ihr Ziel führen, also …"

„Sollten wir links lang gehen?", vermutet Richard.

„Richtig", sagt Ariagon und fährt mit dem Zeigefinger über die neuesten Dellen seiner Rüstung.

„Wo sind die …?" fragt Richard.

„Tot", antwortet Älos, „das verstärkte Feuer aus deiner

Vakuumsphäre hat sie alle verbrannt."

„Und haben sich irgendwelche Artefakte ergeben?"

„Es gibt keine."

„Wie, gar keine? Bei so vielen muss es doch zumindest ein paar wenige ..."

„Ich fürchte, dass wir nun wissen, was aus den einstigen Gefangenen und Wachen der Kerkeranlagen wurde", denkt Älos laut. „Jemand oder etwas hat sie in Wiedergänger verwandelt. Sie wurden nicht als Nachtkreaturen geboren, sie können keine Artefakte abwerfen."

All die Mühen ... umsonst?, denkt sich Richard. Arnt fasst sich mit verzerrtem Gesicht an die Schulter.

„Arnt, dir geht es nicht gut", stellt Erea fest.

„Ich habe nicht mehr genug Mana, um mich zu heilen", erklärt er. „Wie ich mich fühle, ändert nichts an unserer Situation. Wir müssen weiter."

„Arnt, bist du sicher?", fragt Älos.

„Ja, lasst uns weitergehen."

Nach einigen Schlucken Bier – das Wasser ist ihnen mittlerweile ausgegangen – beschließen sie, dem Irrlicht zu folgen.

Als sie sich dem Flammenwesen nähern, schwebt es voran. Langsam führt es sie den Weg entlang und erleuchtet ihren Pfad. Es verstrahlt eine ungewohnte Wärme, die tief unter die Haut dringt und beruhigt. Bloß Erea scheint das Licht zu stören – sie stupst es an und verbrennt sich den Finger.

„Au!"

„Was hast du denn erwartet?", entgegnet Adria und lacht.

Nach einiger Zeit hören sie wieder ein röhrendes Gebrüll, das den Himmel erfüllt und die Erde erzittern lässt. Es muss der Schattendrache sein. Verfolgt er sie etwa? Die Magier drücken sich an die Wand, um möglichst wenig Sichtfläche zu bieten. In Anbetracht des Irrlicht-Leuchtfeuers kein besonders durchdachtes Unterfangen.

„Dieser Drache …", sagt Adria.

„Noch hat er uns nicht gesehen, doch gespürt hat er uns", flüstert Erea. „Es hilft nichts, er wird uns früher oder später wittern. Wir müssen weiter!"

Das Irrlicht ist vorausgeflogen und die Magier beeilen sich, um es einzuholen. Richard wirft einen Blick auf die Karte und stellt fest, dass keine Abzweigungen mehr vor ihnen liegen.

„Leute!"

„Was gibt es, Richard?", fragt Rebecka.

„Es kann nicht mehr weit sein. Der Karte nach wird der Weg gleich nach rechts abbiegen …"

Das Irrlicht folgt dem Verlauf des Weges, der eine enge Rechtskurve beschreibt.

„… und zu einem Platz führen!"

Sie biegen um die Ecke und es bietet sich ihnen eine atemberaubende Sicht. Die Magier stehen nun vor einer Treppe, die mehrere hundert Stufen hinabführt auf einen Platz, auf dem eine ganze Stadt Platz finden würde. Im Mittelpunkt dieses Platzes thronen mehrere Felsbrocken. Ein kleines Steintreppchen führt über die Felsbrocken nach oben. Und dort steht es: auf den Felsbrocken, dort steht das Portal. Steinbruchstücke, die ein Tor bilden. Ein fahler violetter Schleier durchwirkt die Passage wie die Wellen eines Ozeans. Auf dem Platz selbst lauern zahlreiche Monster und über ihren Köpfen fliegt der Schattendrache mit seinen ledrigen Flügeln. Er hat zwei schwarze Hörner und einen stachelbesetzten Schwanz.

„Das ist wahrlich die Hölle", verkündet Älos mit rauer Stimme.

„Lasst uns endlich von hier verschwinden." Adria hält Wills Hand mit einem Lächeln.

„Ja, geben wir dem Drachen eins auf die Schnauze!", sagt Erea wild entschlossen und streckt ihre rechte Faust voller Eifer in die Höhe.

„Gibt es einen Plan?", möchte Rebecka wissen.

„Nicht sterben", erwidert Älos und geht voraus, sich mit dem knorrigen Wanderstab bei jeder Stufe abstützend.

„Wie erbaulich", entgegnet Rebecka.

Sie und Richard folgen Älos die Stufen hinab, dicht gefolgt von den anderen. Als sie unten ankommen, entzünden sich große Feuer an den Wänden des runden Platzes.

„Hier beginnt es oder hier endet es", sagt Richard und die Magier bewegen sich bedacht in Keilformation auf das Tor in der Mitte zu.

„Arnt, wie geht es dir? Glaubst du, du kannst das schaffen?", fragt Ariagon.

„Ich glaube, für ein Nein ist es etwas zu spät."

Dann zieht Arnt aus einer seiner Taschen den Dämonenkubus hervor. Die Risse strahlen leicht violett und in hellem blau.

„Was sagt der Kubus?", fragt Erea.

Wie einen Wegweiser hält Arnt den Kubus vor sich.

„Nie zuvor verspürte ich derartige Stärke", sagt Arnt.

„Uns erwartet eine Art Wächter-Dämon, aber er scheint seine eigene Klasse zu haben. Er ist um einiges stärker als der Dämon Ibal. Das violette Leuchten der Risse zeigt uns, dass hier ein Portal in eine andere Dimension vor uns liegt."

„Ja, ein Portal in unsere Dimension!", ergänzt Erea

aufgeregt.

Er steckt den Kubus zurück in seinen Rauledermantel, als man von weitem schon die ersten Gegner auf sie zulaufen hört. Es sind drei Höllenhunde.

„Los geht's!", sagt Arnt und sie stürmen den Höllenhunden entgegen.

Die Biester stürzen sich wild um sich schnappend auf die Magier. Diese ducken sich gekonnt unter den scharfen Fangzähnen der Höllenhunde hinweg. Richard schlägt mit Christak auf den ersten ein, der zurückspringt und dem Frontalschlag haarscharf ausweicht. Schon fliegt der erste Feuerball auf sie zu.

„*Sowilo Kenaz Hagalaz Uruz Tiwaz Algiz*", ruft Rebecka und sie kontert den Feuerball des Höllenhundes mit ihrem eigenen Feuer. Ihre Tunika schlägt Wellen im aufkommenden Wind. Doch der Feuerball des Höllenhundes ist zu heiß, überwindet Rebeckas Flammen und stößt sie schließlich zu Boden. Sie rollt ein Stück weit und zieht dabei Rauch hinter sich her. Ihre Tunika ist angekokelt und am Saum eingerissen.

„Rebecka!", ruft Richard und kommt zu ihr gerannt.

„Es geht schon …", sagt sie und kneift vor Schmerzen ein Auge zu. Sie nimmt Richards Hand, um wieder hoch zu kommen. Schon sieht der zweite Höllenhund seine Gelegenheit und spuckt einen weiteren Feuerball in ihre Richtung.

„*Vakuumsphäre!*", ruft Richard und fängt den Ball in seinen Händen. Doch seine Hände zittern vor Anstrengung, das Gefühl weicht aus seine Fingern und er löst die Vakuumsphäre auf. Mit ihr verschwindet das Feuer.

Zur gleichen Zeit springt Erea auf den ersten Höllenhund zu und erleichtert ihn mit einem sauberen Schnitt um seinen Kopf. Der Körper kippt schlaff zur Seite und das Haupt rollt bis vor Wills Füße. Im Maul des Wesens erscheint ein filigranes Schwert.

„Eine Dämonenklinge!", staunt Will, zieht den Anderthalbhänder hervor und schwingt ihn einige Male. „Liegt gut in der Hand!"

Er steckt das Schwert in die Scheide seines alten Schwertes.

Die Beine des zweiten Höllenhundes werden durch Ariagons Erdmagie vom Boden verschlungen. Das Gestein wächst empor und umschließt den Höllenhund schließlich vollständig. Der dritte Höllenhund macht einen Satz auf Will zu. Dieser hebt fast schon instinktiv die Hände und ruft eine Formel: „*Sowilo Tiwaz Uruz Raidho Manaz!*"

Der Höllenhund wird von einem stürmischen Wind gefangen und zu Boden geworfen.

„Klasse, Will!", ruft Älos.

„Danke, Meister!"

Arnt holt mit seinem Stock aus und gibt ihm den Rest. Auch der dritte Höllenhund ist besiegt. In seinem Maul erscheint kein Schwert. Stattdessen schmilzt sein Fleisch und übrig bleibt sein Fell.

„Uuuh …", flüstert Erea und wirft sich das Fell über. „Das ist schon eher mein's!"

„Weiter!", befiehlt Richard. Die Magier begeben sich wieder in Keilformation und setzen ihren Weg zum Tor fort. Doch bald schon hebt Richard die Faust – das Zeichen, anzuhalten.

„Schaut, grüner Nebel naht!", sagt Ariagon und deutet voraus. Langsam kriecht dichter Nebel über den Boden, strömt in Schlangenlinien auf sie zu. Fast schon bewusst erschließt sich der Nebel die Umgebung, geht planmäßig dabei vor.

„Älos, weißt du, was das zu bedeuten hat?", fragt Richard.

Die Monster in ihrer Umgebung ziehen sich zum Rand des Platzes zurück.

„Die Monster fliehen!" bemerkt Adria.

„Aber nicht vor uns … Ihnen bereitet etwas anderes Sorge", gibt Ariagon zu bedenken und kneift die Augen zusammen. Das Portal ragt in einiger Entfernung über das Nebelmeer und erinnert an die fliegenden Inseln von Ardor, die über den Wolken thronen. Majestätisch, ganz nah und doch weit entfernt. Es wird gespenstisch still auf dem Platz.

„Nicht gut … Arnt, hol nochmal deinen Dämonenkubus hervor", bittet Älos ihn.

Arnt greift in eine der vielen Taschen seines Rauledermantels und zieht das magische Artefakt hervor. Die Risse leuchten gleißend blau. Ein schwacher violetter Schimmer ist noch zu erahnen, aber dieser wird vom blauen Licht bei weitem übertroffen. Arnt erschrickt und steckt ihn wieder zurück.

„Was zum …!"

„Ich erinnere mich." Älos geht sich gedankenversunken durch den langen weißen Bart. „Es ist der Höllenwächter. Ein Wesen der Dunkelheit mit unbeschreiblicher Macht. Er ist dazu fähig, eigene Kreaturen zu erschaffen und gilt als unbezwingbar."

Der Drache zieht seine Kreise über ihnen immer enger und sinkt von Sekunde zu Sekunde tiefer.

„Ich vermute, dass der Drache ein Geschöpf des Höllenwächters ist. Wir müssen uns beeilen! Wenn die anderen Monster auf Abstand bleiben, weil sie den unberechenbaren Drachen des Höllenwächters fürchten, haben wir eine Chance!"

Älos, Arnt und Richard laufen voraus. Arnt hält den Dämonenkubus vor sich. Je näher sie dem Portal kommen, desto stärker leuchten die Risse wieder violett. Es fehlt nicht mehr viel bis zum Tor, als das röhrende Gebrüll wieder zu vernehmen ist. Machtvolle Flügelschläge verwehen den Nebel, der immer dichter geworden war. Dann setzt der Drache auf und die Erde erzittert. Er legt den Kopf in den Nacken und brüllt mit aller Kraft, die seine Lungen hergeben.

„Und wo ist der Höllenwächter? Wenn das seine Kreatur ist und der Dämonenkubus ihn spürt, kann er doch nicht weit sein!", ruft Adria durch das Gebrüll. Älos zuckt nur mit den Schultern.

Dann atmet der Drache tief ein, seine Nüstern weiten sich und schwarze Blitze entrinnen seiner Kehle. Richard, der weiter vorne steht, hebt Christak empor und pariert die schwarzen Blitze mit der Klinge. Es knackt und knistert, die Kristallklinge vibriert. Die Blitze sind so kraftvoll, dass sie Richard eine Böe entgegenschleudern, die seinen Rauledermantel wild im Wind flattern lässt und seine Haare zerzaust. Sie schieben ihn ein ganzes Stück weit über den Boden. Dann verstummen sie und der Drache stürmt auf Ariagon zu.

„*Sowilo Kenaz Hagalaz Uruz Tiwaz Ansuz*", ruft dieser und ein Steinschild wächst um seinem Arm – keine Sekunde zu spät. Der Drache schlägt mit seiner Pranke dagegen, woraufhin das Schild zersplittert. Ariagon wird mehrere Meter durch die Luft geschleudert, bevor er scheppernd zu Boden kracht.

„Ariagon!", ruft Älos und will nach seinem Freund sehen, doch der Schattendrache kommt bereits auf ihn zu. Der alte Magier springt in die Luft, wo ihn ein Luftzug in die Höhe trägt.

„Fehu Ehwaz Raidho Wunjo Ehwaz Hagalaz Ehwaz!",
ruft Älos und richtet seine Hände auf das Monster. Aus
seinen Fingern weht ein präziser Wind, der sich wie ein
Pfeil durch die Flügel des Drachen bohrt. Der Drache
brüllt auf, als seine schwarze ledrige Haut von Älos'
Zauber getroffen wird. Dann landet der Windmagiermeister wieder vor seinen Kameraden.

„Gut gemacht, Älos!", ruft Arnt, fasst sich aber mit
verzerrten Gesichtszügen an seine Schulter.

„Arnt, geht's dir gut?", fragt Älos und kommt zu ihm
hin, während die anderen sich mit dem Drachen
beschäftigen. Älos bemerkt, wie an Arnts linkem Arm
Blut heruntertropft.

„Mist! Arnt, du blutest!", stellt Älos fest.

„Es ist nichts, wirklich."

Älos zieht Arnt den Rauledermantel halb aus. Das
braune Hemd, das er darunter trägt, ist klatschnass.

„Sag mir bitte, dass das Schweiß ist", sagt Älos und
berührt mit der Hand das Hemd. Seine Finger sind rot.
Er geht mit ihm etwas beiseite, sodass der Drache sie
nicht mehr im Visier hat.

„Ich habe meinen Weg gefunden, Älos. Ich werde nicht
aufgeben, ich will keinem mehr zur Last fallen", sagt
Arnt.

„Weißt du, Arnt, auch ich bin zu einer Erkenntnis
gelangt. Und zwar, dass ich hier keinen zurücklassen
werde. Dass keiner mehr sterben wird, und wenn doch,
dann wird das meine Wenigkeit sein!"

Sprachlos schaut Arnt ihn an: „Älos …"

„Komm schon, Junge! Du bist Naturmagier, was
brauchst du, um die Blutung zu stillen?"

„Das geht nicht, ich bräuchte Pflanzen oder Kräuter,
die ich hier nicht habe. Ich könnte es auch nur mit
Magie heilen, aber meine Kräfte sind erschöpft, ich

bräuchte einen Astralstein."

„Alles klar, warte hier!"

Älos läuft los, weicht einem Schwanzhieb des Drachen aus und kommt schließlich vor Richard zum Stehen.

„Richard!", ruft Älos, „hast du zufälligerweise einen Astralstein dabei?"

„Ja, ich habe einige hier in meinem Mantel."

„Sind sie noch geladen?"

„Sie sind alle leer, bis auf einen", erklärt Richard. „Ein wenig hat der noch."

In dem Moment schnappt der Drache mit seinem riesigen Maul nach ihnen. Richard und Älos springen beiseite und prallen auf den steinernen Grund.

„Hier ..." Richard rappelt sich auf, hilft Älos auf die Beine und reicht dem Meister einen weißen Kristall.

„Wofür ...", setzt Richard an.

„Danke!", sagt Älos noch und läuft wieder zu Arnt.

„Hier, S...", er räuspert sich und fährt fort. „Es ist noch was drin. Sei fortan vorsichtiger!"

„Danke, Älos. *Berkana Laguz Uruz Tiwaz Uruz Naudhiz Gebo ...*"

Er spricht die Zauberformel und entzieht währenddessen Astralkraft aus dem Stein. Die Blutung wird gestillt und die Wunde verschließt sich ein Stück weit. Dann gibt er Älos den Stein zurück.

„Ruh dich aus und überlass uns den Rest, ja?", sagt Älos. Er bringt Richard den Stein zurück, der ihn wieder in seinen Rauledermantel steckt.

„Meister", sagt Will, als Älos wieder hinzukommt, „wisst ihr, wie oft der Drache Blitze werfen kann?"

Der Drache holt tief Luft und aus seinem Rachen ertönt ein Knistern.

„Achtung!", ruft Richard, als der Schattendrache seine Blitze spuckt. Er will die Blitze wie vorhin mit seinem

Schwert parieren, doch dafür steht er zu weit entfernt. Erea, die genau in der Schussrichtung steht, zieht das Schwert der schwarzen Seelen hervor und hält es dem Blitzsturm entgegen. Knackend, knisternd, funkensprühend treffen die schwarzen Blitze auf den kalten Stahl der Klinge. Das Schwert der schwarzen Seelen hält den Energien zunächst stand. Doch die brachiale Durchschlagskraft der Blitze zwingt Erea in die Knie und das Schwert wird ihr aus der Hand gerissen. Die Blitze treffen sie und schleudern sie durch die Luft.

„Erea!", kreischt Rebecka.

„Du Mistviech!", brüllt Ariagon, schlägt mit seinen Fäusten auf den Boden und spricht eine kurze Formel. Das Gestein wächst empor und legt sich ringsum seine Hände an, sodass sich zwei steinerne Boxhandschuhe formen.

„Älos, gib mir einen Schubs!", ruft er.

Älos spricht einen Zauber und Ariagon wird in die Luft befördert. Noch während er fliegt, holt er mit seinen Fäusten aus Stein aus … und gibt dem Drachen einen saftigen Schlag mitten ins Gesicht. Der Schattendrache brüllt und Blut fließt ihm über das Maul, doch besiegt ist er noch immer nicht.

Wir brauchen einen Plan!, sagt sich Richard.

Dann färben sich die Augen des Drachen rot und eine schwarze Aura flackert um seinen Körper auf.

„Wurden Auren dieser Art schonmal bei Drachen beobachtet?", fragt Ariagon seine Mitstreiter.

„Nein, niemals. Das ist dämonisches Werk!", gesteht Älos ein, als der Drache das dritte Mal seine Blitze über sie ergehen lässt. Dieses Mal sind sie rot. Die Magier versuchen vom Einschlagsort wegzuspringen. Was sie nur nicht bedacht haben, ist, dass Erea noch bewegungsunfähig in der Zielrichtung des Drachen liegt!

Nein, Moment … Ariagon hat es bemerkt! Er bleibt stehen und hält die Arme wie ein X vor sich. Die Blitze prallen auf seine Steinfäuste, die rissig werden und bröckeln.

„*Sowilo Tiwaz Ansuz Naudhiz Dagaz*!", ruft Ariagon.

Die Erde umschließt seine Füße und festigt seinen Stand, sodass er nicht nach hinten geschleudert wird. Als die Blitze verstummen, verschwindet das Gestein um Ariagons Füße wieder. Er fällt auf sein rechtes Knie und schlägt mit den Knöcheln auf den Boden, um seine Fäuste von der Steinschicht zu befreien. Als die Schicht von seinen Händen bröckelt, sieht man, dass diese von blutenden Rissen durchzogen sind und Blasen werfen.

Richard stürmt auf den Drachen zu und ruft: „Mein Trumpf!"

„Nein, Richard!" Arnt hebt warnend die Hände. „Heb' dir das für den Höllenwächter auf!"

Richard hält inne und blickt sich zu seinem Bruder um. Er hat Recht. Der eigentliche Kampf steht noch an. Seinen Wunden zum Trotz, springt Arnt dem Schattendrachen entgegen und donnert der Bestie seinen knöchernen Kampfstab in den Bauch.

Der Schattendrache würgt kurz und schlägt dann mit viel Gepolter auf dem Boden auf. Ein weiterer Stoß mit dem Stabende durchbohrt schließlich den Schädel der geflügelten Schlange und streckt sie nieder. Der Drache verbrennt in einem schwarzen Flammensturm. Zurück bleiben nur ein schwarzer Rußabdruck des Drachens auf dem Boden und ein schwarzer Mantel, der langsam hinabgesegelt kommt von wer weiß woher. Der lange Mantel landet sachte und lautlos auf der Rußfläche. Arnt geht humpelnd auf das Kleidungsstück zu. Es ist ein Schattenmantel, ein äußerst seltenes Artefakt. Arnt stopft sich den Mantel in eine seiner Taschen.

„Das war unglaublich, Arnt", sagt Richard und kommt näher gelaufen, „aber du hättest uns was von deiner Wunde sagen können."

Arnt hat vollkommen vergessen, dass sein Hemd noch immer blutgetränkt ist.

„Ach, es geht schon, ich konnte mich mit deinem Astralstein heilen", meint er beiläufig und überspielt den noch immer stechenden Schmerz.

„Ist gut, sag aber das nächste Mal bitte Bescheid", merkt Ariagon an und sie gehen zu Erea, die mit Will und Adria etwas abseits sitzt.

„Wie geht es dir?", fragt Adria Erea und deutet auf die blitzförmigen Abdrücke, die sich über ihren Körper erstrecken.

„Ich fühle mich wie ein Suppenhuhn, aber ich überleb es", erklärt Erea und kommt zitternd auf die Beine. Etwas Blut tropft aus den blitzförmigen Abdrücken hervor, als sie aufsteht. Älos blickt sich währenddessen mit zusammengekniffenen Augen um. Der Nebel ist wieder dichter geworden.

„Wir müssen weiter. Wenn wir hier raus sind, haben wir genug Zeit, unsere Wunden zu versorgen", sagt Erea und nimmt Wills Arm als Gehhilfe. Sie gehen weiter auf das Portal zu. Es fehlen bloß noch wenige Schritte, es ist wahrlich zum Greifen nah …

Da verschwindet der grünliche Nebel und zieht sich zu einem konzentrierten Punkt zusammen. Als wäre dort ein Loch im Raum, das den Nebel einsaugt.

„Das ist er" flüstert Älos und erschaudert. Der Punkt explodiert, der austretende Nebel färbt sich schwarz.

„Und aus den schwarzen Nebeln ward der Wächter geboren."

Er gleicht einer verzerrten Wolke. Ein formloses Gesicht bestehend aus drei rot brennenden Augen blickt regungslos in ihre Richtung. Schwarze Bänder schweben, die Spiralform wahrend, um das Wesen herum.

„Der Höllenwächter."

Der Schein des Dämonenkubus dringt noch durch den Mantel Arnts und die Karte des Labyrinths leuchtet plötzlich wieder auf. Nur bemerkt keiner die aufleuchtende Karte, da diese im Rucksack von Richard verstaut ist, und genauso wenig bemerken sie den leuchtenden blauen Punkt, der sich mit rasender Geschwindigkeit, alle Mauerpläne missachtend, auf das Zentrum des Labyrinths zubewegt.

Kapitel 19

„Jin Dooza, du bist meine erste Schülerin. Die begabteste Magierin dieses Jahrhunderts. Als Magierin der Finsternis ernenne ich dich zur Herrscherin der Eulen, das Tier, das nachts am besten sieht und am leisesten fliegt. Du bist fortan fähig, deine Gestalt zu wandeln, und als meine erste Schülerin wirst du, sofern es dein Wunsch ist, nicht mehr altern. Niemandem, außer den Göttern und dir, soll es in deiner Nähe möglich sein, zu zaubern. Deine zehnjährige Unterweisung ist hiermit beendet."

Jin Dooza wird nach Rakomir zurückgeschickt, mit nur einer Aufgabe: einen gewissen Richard Cliff zu finden, der in ferner Zukunft geboren werden soll. Nur *warum* sie das tun soll, wird ihr nicht erklärt.

Die Zeit wird mit den Jahrhunderten zu einem grausamen Feind. Sie verliebt sich, doch sieht zu, wie der Mann, den sie liebt, altert und stirbt, während sie ihre Jugend behält. Nicht fähig, bedenkenlos zu lieben, nicht fähig, normal zu leben, wird sie von der Dunkelheit heimgesucht, die alle einsamen Herzen heimsucht.

Gefühle verlieren an Bedeutung, mit der Zeit wird alles bedeutungslos, denn alles würde im Gegensatz zu ihrer göttlichen Jugend altern und am Ende welken und sterben. Sie vergisst es, gnädig zu sein, sie vergisst es, Mitleid zu empfinden. Doch Dank Wizzles Unterweisung, verliert sie nicht die Erkenntnis über den Wert des Lebens, oder zumindest nicht vollkommen.

Und nie taucht ein Richard Cliff auf ... bis sie das Gespräch zwischen einem Älos und seinem Schüler

Will, zwei Windmagiern, belauscht, die aus Ny-Azh-Naduur flüchten wollen. Sie haben vor, sich mit Richard Cliff, dem Anführer eines Ordens, und seinen Anhängern zu treffen. Da erinnert sich Jin an ihre Aufgabe.

Sie folgt ihnen heimlich und bekommt mit, dass dieser Richard auch einer von Wizzles Schülern ist, der durch ein Portal gealtert heimkehrt. Was Jin nur nicht begreift, ist, weshalb Richard Cliff ohnmächtig und verwundet ist, als er zurückkommt.

Sie folgt der Gruppe weiterhin und wird hinter einem Busch beinahe entdeckt, schafft es aber, ihnen unbemerkt in den Irrgarten zu folgen. Dort passiert ein furchtbares Missgeschick, als der Dämon Ibal sich anschleicht. Jin bemerkt ihn nicht rechtzeitig und hat sich den Magiern auf eine zu kurze Distanz genähert. Es sterben zwei Magier auf Grund ihres Fehlers.

Nun ist sie ihnen bis zum Ende gefolgt, hat aber nicht versucht zu helfen, da sie nicht mehr weiß, was Wizzle vor so langer Zeit genau von ihr verlangte. In Gestalt einer großen weißen Eule fliegt sie über den Irrgarten. Für jedes andere Wesen, das nicht vom Irrgarten stammt, wäre es unmöglich, die Mauern zu überfliegen. *Mal sehen, wie sie sich bisher machen*, denkt sich Jin und landet auf der hohen Mauer, die den Rand eines großen runden Platzes bildet. Unten auf dem Platz sieht sie, wie die Magier des Ordens der magischen Octa gegen den Schattendrachen kämpfen.

Spannend, sie haben also anscheinend auch die drei Aufgaben an der bunten Gabelung überstanden, stellt Jin fest und verwandelt sich zurück in ihre menschliche Gestalt. Die Federn bilden sich zurück, der Schnabel schrumpft und wird schließlich zu einem Mund mit vollen Lippen. Ihre Nase ist klein und konkav. Auf dem

Kopf sprießen schwarze Haare, werden länger und reichen ihr schließlich bis zur Hüfte. Sie haben einen violetten Schimmer. Große, grünschwarze Augen blicken halb verträumt in die schwarze Suppe, die an diesem Ort den Himmel ersetzt. Sie trägt ein weißes Kleid, das von verschlungenen grünen Linien verziert wird. Um ihren Hals hängt eine Kette mit einem Anhänger. Er zeigt das magische Pentagramm, auch Drudenfuß genannt.

„Mein Richard, da habe ich so lange nach dir gesucht."
Sie geht sich mit der Zunge über ihre Lippen. Ihre langen, schlanken Beine baumeln an der Mauer herunter.

„Oh!", sagt sie, als sie beobachtet, wie der verletzte Bruder ihrer Zielperson nach vorne stürmt und den Drachen erlegt.

„Der ist auch nicht schlecht."
Mit einem Grinsen auf den Lippen beobachtet sie, wie die unbedeutenden kleinen Personen und ihr Richard dort unten um ihr Leben kämpfen. Das hat mal wirklich Unterhaltungswert!

Von dort oben hat sie eine gute Sicht auf das Geschehen. Dann verschwindet der Nebel allmählich und der Höllenwächter erscheint. Drei brennende rote Augen stieren erbarmungslos auf die Magier hinab.

„Süß", sagt Jin, als der Höllenwächter langsam auf die Magier zuschwebt, „jetzt wird's spannend!"

Kapitel 20

Der Höllenwächter zählt, ebenso wie die Dämonen Ibal, Azhi Dahaka, Grot und einige unbekanntere Dämonen, zu Monstern, die über das normale Dasein eines Dämons hinausgestiegen und zur eigenen Klasse geworden sind.

Der Höllenwächter ist jedoch anders als alle anderen. Ein Dämon mit unvorstellbarer Stärke … einer solch unvorstellbaren Stärke, dass viele, trotz einiger Augenzeugenberichte, seine Existenz für einen Mythos halten.

Und genau dieses Monstrum schwebt nun direkt auf sie zu. Unheilvoll, gebieterisch. Ariagons Arme sind in Blut getränkt und kleben an ihm. Erea und Rebecka sind so ausgelaugt, sie glaubten bereits ein Federkissen (in Ereas Fall einen Sessel) aus den Augenwinkeln zu erspähen. Arnt kann kaum noch stehen und seine Wunde ist bei dem letzten Angriff gegen den Schattendrachen wieder aufgerissen. Will hat für seine Zauber schon sämtliche seiner Magiereserven aufgebraucht. Adrias Wasserbeutel ist so gut wie leer und die anderen haben ihre Wasserschläuche ausgetrunken. Mit Bier hat sie noch nie gearbeitet.

Alleine Älos und Richard bleiben stehen, mit erhobenem Haupt, der Gefahr trotzend. Wie Felsen in der Brandung. Kein Rütteln bringt sie zum Kippen, keine Kraft sie zum Aufgeben. Älos kann nun endlich für seinen Fehler einstehen. Er will hier niemanden mehr sterben lassen. Darvon ist sein Schüler gewesen und noch mehr als das. Für ihn glich Darvon einem Sohn. Kein Vater sollte seinen eigenen Sohn zu Grabe tragen. Älos brennt auf den Kampf. Sein Geist und jede Faser seines Körpers sind darauf vorbereitet.

Richard hingegen ist leer. In seinen Augen gibt es keinen Grund, sich vorzubereiten, da es keinen Grund gibt, sich zu fürchten. Das Gefühl der Furcht ist eine Schwäche, genauso wie das Gefühl von Stärke. Stärke führt zu Übermut und Blindheit für die Tatsachen. Richard ist bestens gerüstet für diesen Kampf, denn er lässt sich nicht von Gefühlen leiten.

„Insaniae!", ruft Richard und erzeugt einen leeren Raum um den Dämon. Der Höllenwächter droht zu platzen, wie der Stachel des Ibal zuvor. Doch stattdessen grölt er und die schwarzen Bänder drehen sich immer schneller in Spiralen um ihn herum. Der Insaniae-Raum löst sich auf und der Dämon schwebt unbeirrt weiter auf Älos und Richard zu.

„Mist, vergessen! Je größer der Raum, desto instabiler …", flucht Richard.

„Anfängerfehler", kommentiert Jin Dooza ungehört oben auf der Mauer.

Da schlägt der Dämon mit einem seiner schwarzen Bänder zu. Es saust durch die Luft.

„Wunjo Ehwaz Isa Kenaz Hagalaz Ehwaz!", ruft Älos. Geradeso saust das Band an Älos Kopf vorbei, als bereits das zweite angeflogen kommt. Dieses kann Älos nicht mehr ableiten und es wickelt sich um seinen Hals. Der Meister baumelt in der Luft, doch da ist Richard zur Stelle und durchtrennt mit Christak das schwarze Band. Älos fällt zu Boden und greift sich keuchend an die Kehle, wo Würgemale zu sehen sind.

„Älos, alles in Ordnung?", fragt Richard.

„Ja, es geht schon", antwortet dieser und muss husten. Richard nickt, stürmt dann mit Christak voran, verschwindet und taucht im selben Moment wieder bei Älos auf. Der Höllenwächter brüllt und seine Augen fangen Feuer. Ihm fehlen einige seiner spiralförmigen Bänder und diverse blau glühende Schnitte sind in seiner schattenhaften Gestalt zu erkennen.

„Christaks Fähigkeit!", bemerkt Jin. Ihre Beine baumeln nun schneller. „Mit der legendären Waffe Nummer elf lässt sich die Zeit kurz anhalten …"

„Richard, hast du deinen Trumpf nicht etwas früh ausgespielt?", fragt Älos und ist nun auch wieder auf den Beinen.

„Nein, ich will, dass dieses Monster kämpft, als würde es selbst eine Niederlage als realistische Möglichkeit in Betracht ziehen. So wissen wir von Anfang an, wie sein Kampfstil ist", erklärt Richard.

„Ah, verstehe", entgegnet Älos, unsicher, ob dieser Plan wirklich funktionieren wird.

„Außerdem", sagt Richard mit einem unbeschreiblichen Feuer, das in seinen Augen auf einmal entfacht, „war das nicht mein Trumpf."

„Wie bitte?"

Doch da schlägt der Höllenwächter bereits wieder zu. Ohne sagen zu können, von was sie genau getroffen werden, werden Richard und Älos nach hinten geschleudert. Sie landen im Staub, einige Meter weiter. Im Liegen stützen sie sich auf die Ellbogen und blicken einander an.

„Scheiße", sagt Richard und grinst.

„Ja, Scheiße", sagt Älos. Sie kommen wieder hoch.

„Älos, du weißt, dass du dem Höllenwächter nicht wirklich schaden kannst mit Windmagie", merkt Richard noch an.

Älos erwidert grinsend: „Ich weiß. Aber ich kann ihn dennoch ablenken und hinhalten, richtig?"

Der Höllenwächter stürzt sich erneut auf sie. Zwei Arme scheinen aus seiner verzerrten Gestalt hervorzuwachsen. Ebenso schwarz und verzerrt wie der Rest des Ungetüms. Richard trennt die Hand, die auf ihn zukommt, mit einem Schwerthieb vom Unterarm. Der Höllenwächter brüllt kurz, doch im nächsten Moment wächst die Hand nach. Älos weicht dem auf ihn zukommenden Arm mit einem Hechtsprung gerade so aus.

Da ertönt in ihrem Rücken das kampflustige Gebrüll zahlreicher Nachtkreaturen. Die Magier blicken sich erschrocken um. Noch mehr Gebrüll.

„Der Höllenwächter ist ihr Gott, sie fürchten ihn nicht! Nur den Drachen fürchteten sie!", brüllt Älos den anderen zu. „Lauft zum Portal!"

„Vergiss es, wir lassen euch hier nicht zurück!", brüllt Erea.

„Älos hat Recht! Wir schaffen das hier, lauft ihr schon mal vor!", ruft Richard und duckt sich unter einem Schlag des Höllenwächters hinweg.

„Richard, ihr schafft das nicht alleine!", gibt Rebecka zu bedenken.

„Doch, schaffen wir. Jetzt geht endlich!", entgegnet er.

Ariagon steht zitternd auf, die Blitze des Drachen haben seine Arme gekocht.

„Er hat Recht. Wir sind ihnen hier nur ein Klotz am Bein. Nehmt Rücksicht auf seinen Wunsch!"

„Ist das Einsicht oder Feigheit?", sagt Erea.

Ariagon zieht erzürnt die Augenbrauen zusammen und legt den Kopf schräg. Er will ihr schon etwas entgegnen, sieht jedoch, dass sie weint. Und da sammeln sich auch in seinen Augen Tränen.

„Willst du Älos' und Richards Tapferkeit mit Torheit begegnen oder willst du leben und ihrem Handeln Sinn geben?"

Erea schaut weg und nickt. „Also gut."

„Ja, lasst uns hier abhauen", sagt Arnt, „doch dann wird Richard das hier besser gebrauchen können als ich", sagt er, holt den Schattenmantel hervor und wirft ihn Richard zu, der gerade durchatmen kann. Älos wirft dem Dämon unterdes einige Luftschnitte entgegen. „Danke, Bruder! Du wirst ihn unbeschadet wiederbekommen!", ruft Richard und legt sich den Mantel um.

„Mir ist wichtiger, dich unbeschadet wieder zu bekommen, also bleib verflucht nochmal am Leben, verstanden?", erwidert Arnt. Richard grinst schief.

„Nichts leichter als das", antwortet er.

Die Magier laufen um den Dämon herum auf das Portal zu. Der Höllenwächter will sie bereits verfolgen, doch Richard rammt ihm das Schwert in den Rücken. „Hiergeblieben!"

Sie nähern sich dem Portal immer weiter … erklimmen die unförmigen Stufen, sehen den Schleier im leeren Torbogen, doch halten kurz davor inne. Sie drehen sich noch einmal um.

„Sie werden das schaffen", sagt Will.

„Ja, werden sie. Das müssen sie", bekräftigt Adria.

Dann fassen sich Adria und Will an den Händen und verschwinden im Schleier. Erea wischt sich die Tränen aus ihrem Gesicht und redet sich ein, es sei das Richtige. „Jetzt kann ich euch suchen: Mutter, Vater."

Auch sie tritt durch den Torbogen und verschwindet.

Arnt dreht sich verzweifelt zu seinem Bruder um:

„Wenn du nicht nachkommst, komme ich wieder und suche dich!", sagt er und legt seine rechte Hand auf seine linke Brust. „Das ist ein Versprechen."

Er wendet seinen Blick dem Schleier zu. „Auch wenn ich alleine ins Dunkel muss!"

Zögernd tritt er durch das Portal und verschwindet. Ariagon und Rebecka bleiben als letzte stehen.

„Ich will euch beschützen", sagt Ariagon zu niemandem, „doch ihr auch uns. Es tut mir leid, aber ich habe an der Kreuzung etwas begriffen!"

Er dreht vor dem Schleier um und geht die Stufen wieder hinab.

„Keiner wird mehr sterben, auch ihr zwei nicht!", sagt er entschieden.

Auch Rebecka steigt die Stufen wieder hinab. Sie kann Richard einfach nicht alleine lassen, egal, was nun auch kommen mag.

Älos und Richard liefern sich gerade einen rasanten Schlagabtausch mit den Dämonenstacheln, von denen der Wächter zahlreiche ausgebildet hat. Während Richard Christak schwingt, pariert Älos die Stacheln mit Böen.

„Was machst ihr? Geht! Verschwindet!", ruft Richard verzweifelt, als er sieht, dass seine Freunde umgekehrt sind. Zum allerersten Mal hört man wieder ehrliche Sorge in seiner Stimme.

„Wisst ihr, was ich an diesem Ort für eine Erkenntnis gewonnen habe?", ruft Ariagon.

Da dreht sich der Dämon um und wendet sich von Richard und Älos ab.

„Dämonen sind Scheiße."

Ariagon schmettert seine blutenden Fäuste auf den Boden und man hört seine Finger brechen.

„AAARRGGHH!"

Risse tun sich im Boden unter ihm auf, aus denen dutzende spitze Steine hochgeflogen kommen und sich in einem Kreis um Ariagon herum anordnen.

„Ich kann ihn nicht verletzen, nein, das kann ich nicht! Aber Rebecka kann es! *Fehu Ehwaz Sowilo Sowilo Ehwaz Laguz!*"

„*Ehwaz Naudhiz Tiwaz Fehu Laguz Ansuz Manaz Manaz Tiwaz!*", ruft Rebecka. Die Steine fangen blaues Feuer, fliegen schnell wie Sternschnuppen aus der Kreisformation und schlagen in die verzerrte Gestalt des Dämons ein. Die Flammen breiten sich über seinem ganzen Körper aus. Der Dämon schlägt vor Schmerzen wild um sich und versucht die Steine los zu bekommen.

„Eine Lücke in seiner Verteidigung!", erkennt Älos.

„Bring mich näher ran!", ruft Richard.

Älos spricht eine kurze Formel und schon wird Richard von einer mächtigen Böe gepackt und dem Dämon entgegengeschleudert. Richard holt mit Christak aus und versetzt dem Schattenwesen einen unbezahlbar saftigen Hieb in den Unterleib. Die Gestalt des Dämons verzerrt einen Moment lang noch stärker und seine Atmung wird schwer. Doch dann beruhigen sich das Beben in seiner Brust und seine Gestalt wieder.

„Nun flieht! Ihr habt euch zu sehr verausgabt!", ruft Älos.

Da verfärbt sich Rebeckas Haut gräulich und ihre Augen werden schwarz wie der Himmel. Sie fällt zu Boden und ringt nach Luft.

„Rebecka!", ruft Ariagon und neigt sich zu ihr herunter.

„Was ist passiert?", ruft Älos.

„Sie ist im *Zeng*, sie hat zu viel ihrer astralen Kraft verbraucht!", antwortet Ariagon.

„Bring sie hier raus! Schnell!", ruft Richard.

„Ja! Und wehe ihr kommt nicht nach!", brüllt Ariagon und hebt Rebecka langsam vom Boden. Seine gebrochenen Finger knacken dabei, doch er ignoriert den Schmerz. Als er Richtung Portal schreitet, kommt ein wenig Wind auf. Es ist erfrischend. Seine blutigen Arme werden schwerer, je näher er dem Portal kommt. Seine eingedellte Rüstung klappert bei jedem Schritt. Er ringt sich die Stufen hinauf zum Schleier. Jeder Muskel scheint sich dagegen wehren zu wollen und jeder Teil seines Körpers fühlt sich müde und geschunden an. Und dann ist es nur noch ein letzter Schritt. Ein allerletzter Schritt. Er wirft noch einen Blick zurück auf seine Freunde.

„Jetzt", sagt er und wendet sich wieder dem violetten Schleier zu, „kann ich guten Gewissens ziehen." Und er atmet zum ersten Mal seit langer Zeit frische Luft.

Kapitel 21

Sie treten durch den Schleier, Adria und Will als Erste, dann Erea und Arnt. Das Violett des Schleiers nimmt einen grünlichen Ton an und ihre Sinne verspüren wieder Dinge, die sie schon beinahe vergessen hatten. Sie vernehmen das Zwitschern von Vögeln, riechen Blumen und Gräser. Sie verdecken ihre Augen vor dem eigenartigen grellen Licht am Himmel, das gleißend hell und unnachgiebig auf sie herabstrahlt.

„Sonne", sagt Arnt. „Die gibt's ja auch noch …"

Sie befinden sich vor dem Haus der Hölle, vor der Tür, die sich, als sie das Haus betraten, zusammenknüllte, verschwand und dann wieder verschlossen in ihren Angeln hing. Noch immer schweben schwarze Bretter um das Haus herum.

Will blickt sich hektisch um. „Moment … das ist nicht die Straße nach Grufnor!", sagt er.

Das Haus steht mitten auf einer Hauptstraße, die leicht bergab auf eine große Stadt zuführt. Von dort hört man viele Stimmen, wie auf einem Markt, über die hügeligen Felder schallen, die etwas an die Felder südlich von Ny-Azh-Naduur erinnern. Es herrscht geschäftiges Treiben.

„Das ist Azbalon", sagt Adria erstaunt, „die Hauptstadt!"

„Was machen wir hier?", fragt Erea.

„Es hieß doch, das Haus verschwinde und erscheine, wann es wolle", überlegt Arnt laut.

„Richtig, anscheinend hat es, während wir im Irrgarten waren, den Ort gewechselt", vermutet Will. Arnt dreht sich wieder zum Haus um und bemerkt dann, dass

Ariagon und Rebecka noch nicht durch das Portal gelangt sind.

„Wo sind Ariagon und Rebecka?" fragt er.

„Waren sie nicht direkt hinter dir?", überlegt Adria. Sie warten noch mindestens eine halbe Stunde vor dem Haus, bis die beiden auch aus der Eingangstür gestolpert kommen. Ariagon trägt Rebecka in seinen blutigen Armen. Kaum ist er ins Freie getreten, bricht er zusammen und verliert die Besinnung.

Als die beiden erwachen, sind einige Stunden vergangen. Erea und Will haben es geschafft, ein Lagerfeuer im Wald etwas abseits des Hauptweges zu entfachen. Die belaubten Bäume schützen sie vor fremden Blicken.

„Wo sind wir?", fragt Ariagon und besieht sich seine Arme. Arnt hat sie mit einer Pflanzenpaste eingerieben und mit Stoff verbunden.

„Wir sind nahe Azbalon", antwortet Adria.

Auch Rebecka öffnet nun vorsichtig die Augen. Sie sind nicht mehr schwarz. Auch ihr Teint ist nun lebendiger. Das Grau verblasst von Minute zu Minute.

„Die Hauptstadt?", wundert sie sich. „Was machen wir hier? Das ist zu gefährlich! Dort haust Nizedir, der grausame König."

„Das Haus hat den Ort gewechselt, als wir darin waren", erklärt Will. „Man sollte meinen, so nah an Azbalon sollte es von Schergen Nizedirs umstellt sein."

„Keine?", wundert sich Ariagon.

Will schüttelt den Kopf. „Keine. Daher vermuten wir, dass das Haus erst in dem Moment, als wir es verließen, auch den Standort gewechselt hat."

Kurzes Schweigen, das Lagerfeuer prasselt im stillen Wald. Dann bemerkt Ariagon Arnt, der ihm gegenüberliegt und laut schnarcht. Erea folgt seinem Blick.

„Er hat viel Magie verbraucht, um euch zu heilen. Beinahe wäre er ins Zeng gefallen. Der Schlaf jetzt tut ihm sicher gut", erklärt Will.

Rebecka schaut sich um, als sie schockiert feststellt, dass Richard und Älos nicht bei ihnen sind. „Wo sind …?"

„Sie sind noch im schwarzen Haus", sagt Will.

„Oh Götter …" Rebecka hält sich die Hände vors Gesicht.

„Keine Sorge", meint Will, „Meister Älos ist stärker und sehr viel zäher, als man glauben mag … und Richard sowieso."

„Vielleicht kämpfen sie noch. Und selbst wenn sie gewinnen sollten: Wir wissen nicht, was es mit dem blauen Punkt auf sich hat, der uns verfolgte", gibt Ariagon zu bedenken. Doch dann reißt er die Augen weit auf. „Moment, die Karte!"

„Pass auf, Ariagon. Schone dich und deinen Körper!", mahnt Erea.

Ariagon kommt zitternd auf die Beine, torkelt zu Arnts Rucksack, der rechts neben dem schlafenden liegt, und zieht die Karte hervor. Er beißt die Zähne zusammen, als er mit seinen gebrochenen Fingern nach der Karte greift.

„Sie leuchtet!" Ariagon hebt überrascht die Augenbrauen. Schnell versammeln die Magier sich in seinem Rücken und mustern das Pergament. Die Monster in Rot leuchten überall auf der Karte auf. Zwei grüne Punkte markieren El Artren und Darvon. Doch da ist noch mehr: drei Punkte glühen am großen X in der Mitte. Zwei blaue … und ein grüner.

Anscheinend hat der Verfolger Richard und Älos eingeholt … und einen von ihnen getötet? Oder haben

Richard und Älos ihren Verfolger getötet?

„Der große rote Punkt des Höllenwächters ist verschwunden. Sie haben ihn also besiegt, aber wer …“, fragt sich Rebecka.

„Ja, das finden wir wohl erst heraus, wenn sie das Portal verlassen …“, überlegt Ariagon laut. Wie auf Kommando verschwinden die beiden blauen Punkte. Anschließend umwirbelt Rauch das verhexte Pergament und die Ränder der Karte fangen Feuer.

„Was zum …?“, wundert sich Ariagon und lässt die Karte fallen. In Sekundenschnelle löst sie sich auf und hinterlässt einen Haufen Asche.

„Schnell, zum schwarzen Haus!“, sagt Rebecka und sie laufen los – wobei, eigentlich humpeln die meisten von ihnen los.

„Wartet, einer muss hierbleiben und auf Arnt aufpassen!“, ruft Erea, doch die anderen sind bereits im Wald verschwunden. „Dann bleibe ich einfach hier. Also wirklich. Da ist man die Jüngste und trotzdem die Einzige, die nachdenkt.“

Kapitel 22

„Älos, du kannst mit deiner Windmagie nicht mehr viel ausrichten, kümmere dich um die Monster, die angelaufen kommen!", brüllt Richard. Seine Haare kleben an der dreckverschmierten Stirn. Die Monster sind nun überall am Rand des großen Platzes aufgetaucht. Vierarmige Müffler, Skelette, Dämonen, Fettils, Celli, aber auch viele andere Monster, die sie bisher noch nicht getroffen haben. Das Schaudererregendste ist jedoch der Ghul, der allen voraus auf Älos zumarschiert.

„Verstanden!", ruft Älos. „Und Richard, verlier nicht den Glauben, hörst du? Ich verstehe, dass sich dein Herz leblos anfühlt, als sei es kalt und hätte lange nicht geschlagen. Doch du erkennst noch das Gute, du hast Vertrauen und Zuversicht, das sehe ich! Verliere diese Eigenschaften nicht im Kampf!"

Älos hat Tränen in den Augen. „Weißt du, Richard, nicht nur du kennst Zauber, die nicht aus Rakomir stammen. Ich bin alt und bin viel gereist. Ich war bereits in den Landen nördlich Rakomirs und lernte dort einen Zauber …"

Richard hebt sein Schwert und schlägt brüllend einen Arm des Höllenwächters zur Seite. Schweißperlen lösen sich von seinen Haaren und seinem Gesicht.

„Ein Zerstörungszauber, ein Massenzerstörungszauber …", fährt Älos fort. Da erscheint ein Schwert in der Hand des mächtigen Wächterdämons. Er holt aus und schlägt mit der meterlangen Klinge geradewegs auf Richard herab. In letzter Sekunde weicht er dem kraftvollen Hieb aus.

Meine Reaktionszeit lässt nach …, stellt Richard fest.

„Älos! Was auch immer du planst, tu es, Hauptsache es funktioniert, JETZT!"

Der Ghul brüllt so schrill, dass sich einem die Nackenhaare aufstellen. Die Kreaturenmeute hinter ihm antwortet mit noch lauterem Gebrüll. Dann stürmt der Ghul rüstig voran und die Meute folgt.

Just in diesem Moment erstrahlt Älos unscheinbarer knorriger Wanderstock in einem warmen Licht. Sein brauner Mantel wirft Wellen in dem schlagartig aufkommenden Wind, seine weißen Haare wirbeln. Während Richard mit dem Höllenwächter beschäftigt ist, bewegt sich Älos langsam auf die auf ihn zustürmende Masse von Monstern zu und brüllt: „Richard, wenn ich *jetzt* sage, erschaffst du um dich herum den Vocascutuszauber! Hörst du?"

„Moment, Älos! Was hast du vor?"

Die Hände des alten Meisters zittern und eine Träne rinnt ihm übers Gesicht. Seine Antwort ist alles andere als erwartet: „Richard, du warst immer ein guter Junge, ein fabelhafter Sohn."

Stille. Die Meute ist egal, der Höllenwächter ist egal.

„V-V-Vater?"

Man sieht noch, wie Älos seinen Stab hebt und ihn den Monstern entgegenstreckt:

„JETZT, RICHARD!"

„VOCASCUTUS!", ruft Richard verunsichert und eine hellbläuliche Schutzkugel umfängt ihn. Er schaut seinen fremden Vater an. Was ist das, was er da fühlt? Ist es Trauer? Ist es Schmerz … oder doch eher Freude? Er will seinen Vater noch so viel fragen …

„Die anderen wissen nichts davon, doch du musstest es wissen, bevor ich sterbe!", sagt Älos noch. Sein Stab leuchtet immer heller.

„Ich liebe dich, mein Sohn ... *IPSERBATIO!*"
Ein explosionsartiger Wind kommt aus seinem Stab hervor und tötet die Massen an Monstern mit einem Schlag. Bloß noch der Ghul und der Höllenwächter stürmen auf Älos zu, um seinen Stab zu zerstören.
„Zu spät, ihr Mistviecher!", ist das Letzte was Meister Älos sagt.

Der Wind wird feurig grün und eine noch viel gewaltigere Explosion als zuvor nimmt den ganzen Platz des runden mittleren Bereiches des Irrgartens ein und verschlingt den Höllenwächter, den Ghul, alle anwesenden Monster und auch Älos selbst.
„NNEEEEIIIN!", ruft Richard, der in seinem Schiff aus Nichts das grüne Flammenmeer besegelt.
„Also das war mal eindrucksvoll!", bewertet Jin Dooza oben auf der Mauer und klatscht in die Hände.
Der Wind und die grünen Flammen legen sich allmählich wieder. Richards Haar hängt vor seinem Gesicht. Einige Tränen tropfen auf den kalten Steinboden.
Als Richard aufblickt, sieht er, wie die letzten Windzüge Staub um Älos Stab herum aufwirbeln: Der Zauberstab steckt aufrecht im Boden. Unzählige Monsterkadaver und wertvolle Artefakte liegen auf dem weiten Platz verteilt. Richards leerer Blick schweift über die Szenerie.

„DU NARR!", brüllt Richard aus Leibeskräften. Er liegt am Boden und robbt auf den Stab zu. „WIE KANNST DU MIR DAS ANTUN? WIE KANNST DU DAS WILL UND ARNT UND DEN ANDEREN ANTUN?"
In dem Moment erhebt sich eine finstere Gestalt aus

dem aufgewirbelten Staub. Er ist es. Er hat es überstanden …

Richard erhebt sich, sein Schwert noch immer fest umklammert. Mit zitternder Stimme ruft er: „Deinetwegen ist Älos gestorben! Zwei meiner Freunde sind gestorben und nun ist mein Vater wegen dir tot … Du hast meine Wut entfacht, wie niemand zuvor, Dämon!"

Er zieht sich die Kapuze seines Schattenmantels über, springt in einen der Schatten und verschwindet. Daher hat der Mantel seinen Namen: Er macht den Träger unsichtbar, solange er im Dunkeln wandelt. Dann ist es eine Zeit lang still. Der Höllenwächter schaut sich um und stößt immer wieder mit seinem Schwert nach den Klängen, die Richards Fußtritte verursachen. Doch Richard bewegt sich derart flink, dass der Dämon die Stelle mit seinem Schwert erst erreicht, wenn Richard schon zwei Schritte weitergehüpft ist. Dann prescht Richard vor, direkt auf den Höllenwächter zu, und versetzt ihm einen Hieb mitten in seine verzerrte Gestalt. Der Höllenwächter dreht sich um, kreischt und sticht mit dem Schwert dorthin, wo er Richard vermutet. Er verfehlt den Unsichtbaren etwa um einen Meter. Immer wieder versetzt er dem Höllenwächter auf diese Weise einen Schlag. Doch auch nach unzähligen Wiederholungen, nach denen Richards Arme sich anfühlen wie pürierte Kartoffeln, steht der Höllenwächter noch immer da.

Nach einiger Zeit hebt das Monstrum seine Hände und auf dem runden Platz glühen tiefe Furchen im Boden auf. Von oben betrachtet ergibt sich ein Stern, ein riesiges Pentagramm. Am Rande des großen Platzes leuchten Runen auf, jede so groß wie ein Schattendrache.

Ich erkenne den Drudenfuß ... Er vereint die fünf Elemente mit ihrer rakomirischen Runenformulierung in einem Kreis, überlegt Richard und erinnert sich mit einem Mal wieder zu Teilen an Wizzles Lehrstunden.

Da nun der ganze Platz hell erleuchtet ist, gibt es keinen Schatten mehr, in dem Richard sich noch verstecken könnte. Die Magie des Schattenmantels versagt und Richard erscheint. Der Höllenwächter scheint zu grinsen, denn die Winkel des vagen Striches unter seinen Augen heben sich in die Höhe. Er holt mit seinem mächtigen Schwert aus und schlägt damit nach Richard.

Richard kennt diese Situation. Er hat sie mit Wizzle trainiert, ja! So ähnlich hat er es bereits instinktiv bei dem Dämon Ibal getan. Er erinnert sich, was er machen muss, und springt hoch in die Luft. In dem Moment, in dem das Schwert unter Richards Füßen vorbeisaust und sich in den Stein bohrt, landet er auf der Breitseite der Klinge. Richard läuft das Schwert entlang und auf den Dämon zu. Dann springt er von der Parierstange ab: ein sehr weiter Sprung, direkt auf die Brust des Wächters zu. Christak gräbt sich tief in die verzerrte Gestalt des Dämons.

„Schmeckt dir das?", ruft Richard. „Ja, da vergeht dir dein blödes Grinsen!"

Der Höllenwächter kreischt, dass der Boden erzittert. Richard landet wieder auf den Beinen und bringt etwas Abstand zwischen sich und seinen Gegner. Er atmet schwer. Die Dinge um ihn herum verschwimmen zunehmend. Er öffnet eine Flasche und schüttet sich den Inhalt – warmes Bier – über den Kopf.

„Konzentrier dich! Konzentrier dich!", mahnt er sich selbst. „Was kannst du tun? Was ... aber natürlich!"

Geistesgegenwärtig zieht er die Phiole des Cellus hervor und trinkt den Trank, ein magisches Elixier.

„Ohne diesen Vorteil wird es mir wohl nicht gelingen …!"

Der Höllenwächter sieht Richard trotz des Lichts verschwinden und wird im nächsten Moment von Christak geköpft. Ein zweiter rasanter Schlag teilt den Dämon entzwei, der sich daraufhin in schwarzen Rauch auflöst und gen Himmel schwebt. Das wars. Es ist vorbei. Der Höllenwächter ist besiegt.

Richard legt die Stirn in Falten als sein linker Arm tierisch zu jucken anfängt. Kaum, dass er das bemerkt, brennt sich ein Runenschriftzug in seine Haut und aus dem Jucken wird ein beißender Schmerz.

„AAH! ÄLOS WÜSSTE JETZT, WAS DIESE RUNEN BEDEUTEN!", ruft Richard erzürnt und steckt Christak zurück in die Scheide. Dann sucht er die Umgebung ab, hebt die wertvollsten Artefakte und Hinterlassenschaften, die er auf dem großen Platz findet, vom Boden auf: Dämonenschwerter, Zauber-Bögen, ein höchst eigenartiges Amulett und eine Phiole mit der Essenz des Lebens, die Hinterlassenschaft des Ghuls. Vom Höllenwächter gibt es kein Artefakt.

Wäre noch etwas von Älos übrig, hätte ich ihn mit der Essenz des Lebens retten können ..., geht es Richard durch den Kopf. Er wankt hin und her beim Einsammeln. Das Gefühl weicht von Sekunde zu Sekunde aus seinen Gliedern. Anschließend wickelt er die Fundstücke in ein Müfflerfell.

Er torkelt zu Älos' Stab und nimmt ihn an sich. „Ich werde diesen Stab in Ehren halten, Vater."

Vom Ring der Zerstörung, der legendären Waffe Nummer dreizehn, fehlt jede Spur.

Dieser Ring wurde nicht für Recht und Ordnung,

sondern für das Chaos geschaffen. Er nützt nur denen, die unterdrücken ... Es ist besser, dass der Ring verloren bleibt, denkt sich Richard.

Voll beladen will er gerade die Stufen zum Portal erklimmen, als ihn jemand von hinten antippt. Erschrocken lässt er die gesammelten Gegenstände vor dem Portal fallen.

„Hallo, mein Hübscher!", sagt Jin Dooza.

Richard dreht sich schockiert um. Eine Frau um die zwanzig steht vor ihm. Sie trägt ein weißgrünes Kleid. Richard hat lange nicht mehr so saubere Kleidung gesehen.

Er zieht Christak und hält es ihr drohend entgegen. „Warum ist dein Kleid so sauber?"

Jin schaut ihn verdutzt und belustigt zugleich an: „Ist das die erste Frage, die du mir stellst? Mein Name ist Jin, Jin Dooza."

Richard fasst sich an seinen Kopf, er hat eine Platzwunde am Schädel. Sie muss beim Kampf gegen den Höllenwächter entstanden sein.

„Mein Name ist …"

„… Richard", vollendet Jin.

„Woher …?", stöhnt er.

„Glaub mir, nach einigen hundert Jahren vergisst man den Namen nicht so schnell."

„Was?"

„Wie dem auch sei. Ich komme direkt zum Punkt", sagt Jin. „Auch du bist einer von Wizzles Schülern."

„Du bist …" Vor Richard verschwimmt alles. Die Farben tauschen die Plätze, der Raum um ihn herum biegt sich um sich selbst. „Ich … meine Freunde, sie …"

Er fällt in Ohnmacht und bleibt vor dem Portal liegen.

„Ach du meine Güte!", klagt Jin. Sie wirft die von

Richard gesammelten Sachen durch das Portal und hebt ihn vom Boden. Dann steigt sie selbst mit Richard in den Armen hindurch.

…

Jin schreitet durch die Tür des Hauses. Es ist Nacht. Das Haus ist umstellt von Rittern des dunklen Bundes und zwei Sleetchern (große Hunde mit der Haut eines Krokodils). Sie kleffen so laut, dass es Jin in den Ohren klingelt.

„Das sind sie!", hört man einen Ritter rufen.

„Bogenschützen, anlegen!", ruft der Kommandant dieses Stoßtrupps.

„Kinder haben heutzutage nichts als spielen im Sinn", sagt Jin und leckt sich die Lippen „Aber ihr dürft meinem Richard kein Haar krümmen! *Berkana Laguz Isa Naudhiz Dagaz.*"

Es wird noch dunkler. Der Wind nimmt leicht zu. Die Männer strecken die Arme aus, um ihre Umgebung zu erfühlen.

„Wo sind sie?", ruft ein Bogenschütze aus den Reihen des dunklen Bundes.

„Ich sehe sie nicht, ich sehe gar nichts! Was ist das für ein Zauber?", fragt der Kommandant und blickt verwirrt umher.

„Auf Wiedersehen!", sagt Jin, geht am Hauptmann vorbei und tritt ihm im Vorübergehen auf den Fuß.

„Au!", ruft er und fällt um.

Sie lächelt kurz und legt Richard sachte am Wegesrand ab. Dann holt sie die Waffen, die Richard eingesammelt hat, und legt sie neben ihn. In dem Moment hört Jin, wie im Wald rechts von ihr einige Menschen auf sie zulaufen.

„Gut gekämpft, mein Held", sagt sie noch und verwandelt sich in eine große weiße Eule.

„Richard!", erklingt eine Frauenstimme im Wald.

„Älos!", ruft jemand anderes.

Richard öffnet kurz die Augen und sieht die große weiße Eule an, die auf ihn herabblickt.

„Jin Dooza ..." Er stöhnt, dann schließt er die Augen wieder. Die weiße Eule breitet ihre Flügel aus. „Ich behalte dich im Auge", sagt sie noch und hebt ab. Im nächsten Moment kommen die anderen Ordensmagier herbeigeeilt.

„Richard, Richard, Richard!", ruft Rebecka und kniet sich vor ihm hin. Sie legt ihren Kopf auf seine Brust. Ein Puls.

„Er lebt", sagt sie und gibt ihm einen Kuss auf die Stirn.

„Ja ... nur Älos fehlt", stellt Will betrübt fest.

„Wo ist der zweite leuchtende Punkt?", fragt Ariagon, schaut sich um und bemerkt die Ritter des dunklen Bundes, die das Haus umstellt haben. Sie brüllen herum und rollen über den Boden. Einige fallen in den Matsch, andere knallen mit den Köpfen gegeneinander.

„Was zum ...?", setzt Will an.

„Meint ihr, das hat der zweite Punkt auf der Karte zu verantworten?", wundert sich Adria.

„Möglich", sagt Ariagon, „nur Älos ist ..."

„... der grüne Punkt", vollendet Will. Ihm stehen die Tränen in den Augen. „Er ist seiner Überzeugung gefolgt. Meister, ich hoffe, Ihr habt Euren Frieden gefunden."

Adria umarmt ihn und Will vergräbt sein Gesicht in ihren Klamotten.

Schwäche zu zeigen ist gut, denkt er sich. *Schwäche und Gnade unterscheiden uns von Monstern und von*

jenen Menschen, die zu Monstern geworden sind.
Und dann weint und schluchzt er und drückt Adria fest an sich. Die anderen Magier sind still. Ein Moment des Abschieds. Ein weiterer Gefährte, der sie verlassen hat.

Die Sonne geht langsam wieder auf, die Nacht neigt sich dem Ende. Im Norden sind die südlichsten Ausläufer des Verisgebirges in gelbes Licht getränkt. Das grünliche Kupferdach der Bibliothek Azbalons erstrahlt im Glanze der aufgehenden Sonne, während der Fluss Sonva sich seinen Weg durch die hügeligen Felder gen Süden sucht, wo er irgendwann im Meer mündet. Hinter Azbalon am Horizont sieht man den östlichen Teil des Cataractagebirges. Die Vögel zwitschern und eine sanfte Brise weht durch die Haare der Octamagier.
„Ich hatte vergessen, was es heißt zu leben …“, raunt Adria.
„Es ist ein neuer Tag und wir haben neue Ausrüstung“, sagt Ariagon und deutet auf die Kurzschwerter und Bögen, die auf dem Boden liegen. Jeder einzelne von ihnen trägt weitere Waffen und Artefakte bei sich. Da fällt Ariagons Blick auf zwei ganz besondere Gegenstände unter den Artefakten. Ariagon hebt das Amulett und die Phiole auf und sieht sie sich genau an.
„Die Essenz des Lebens und …“ Ariagon hält inne.
„Was ist das?“

Ende

Danksagung

Ich danke Merks, dem vergesslichen Zauberer, und Midoli für ein offenes Ohr und ein kritisches Auge. Als ehemaliger Schatzmeister in Calabra, ist Merks auch in der Finanzwelt erfahren und steht mir seit jeher mit aufrichtigem Rat zur Seite.

Auch Sindrael Moorewalker (Sovin Manuel) gilt großer Dank. Er ist sowohl der Genius hinter der Internetseite, als auch derjenige, der in allen Belangen der Bildbearbeitung stets hervorragende Arbeit leistete. Ebenso danke ich dem koreanischen Kumpanen Daemin, der mich in die Kunst des professionellen Schnorrens im Internet einführte und mich auch hinsichtlich ästhetischer Mängel beriet.

Zuletzt muss gesagt sein, dass dieses Buch ohne ein Lektorat nicht hätte veröffentlicht werden können. Dieses Problems nahmen sich mehrere Freunde an: Zunächst die Schildkröte Bogus, obwohl ihr literarisches Interesse eher bei Thomas Mann anzusiedeln ist, und obwohl sie dafür im Grunde kaum die Zeit hatte.

Weiterhin Jaquelin „Jaqui" Kase, die ich während meines Germanistik- und Kunstgeschichts-Studiums kennenlernte und die die Zeilen eines fünfzehnjährigen vielerorts bereicherte. Das berühmte „Tell" konnte freilich nicht gänzlich getilgt werden, ohne das ganze Buch neu zu schreiben.

Mein Dank gilt darüber hinaus all den Menschen, die mich zu neuen Figuren inspirierten und all jenen, die mit mir zusammen die Testversion des pen&paper-RPGs spielten und erprobten.

Ich danke der Muse.

Ich danke dem Sommer 2017.

Ich danke dem Tor in eine erschreckende und fantastische Welt und den Geschichten, die sich wie von selbst schreiben.

Die acht Octamagier
des inneren Zirkels
(und ein kurzes Nachwort meinerseits)

Die Magier ersten Ranges (bzw. des inneren Zirkels) sind die Magier, die ihr Element unter allen Octaanhängern am besten beherrschen, ausgenommen der Altmeister. Da die Octa zurzeit jedoch sehr klein ist (was auch dem langen Krieg gegen den dunklen Herrscher Nizedir Crime und seiner Ritterschar zu verschulden ist), gibt es recht selten mehrere Magier in einem Orden, die dasselbe Element beherrschen. Ganz davon abgesehen ist im Verlauf dieses kräftezehrenden Krieges die Magierschaft stark ausgedünnt worden. Ihr Auftreten ist rar, ihre Zahl gering.

Der Orden der magischen Octa ist im ganzen westlichen Rakomir die einzige organisierte Gruppe von Magiern, die aktiv Widerstand leistet. Weit, weit im Osten gibt es noch Gilden von Magiern, die in Frieden leben und sich wenig scheren um die Unruhen im fernen Westen. Im südöstlich gelegenen Aquitana gibt es beispielsweise noch die große Wassermagiergilde *Blueraven*.

Doch ich merke bereits, wie ich abschweife ... Die acht Octamagier des inneren Zirkels, die in diesem Buch vorkamen, werde ich im Folgenden kurz beschreiben:

Richard Cliff (26/36 Jahre alt)

Richard Cliff sieht sich als Anführer des Ordens der magischen Octa einer sehr verantwortungsvollen Position gegenüber, die dem adeligen Fürstenstand gleichkommt.

Er hat weißes Haar, sein Kinn ist kantig, die Nase leicht konkav, graue Augen zeugen von einer vermeintlichen Kaltherzigkeit und seine schlanke Statur gewährt ihm Wendigkeit im Kampf. Er beherrscht das astrale Element der Leere und führt das sagenumwobene Schwert Christak, die legendäre Waffe Nummer elf. Diese Fähigkeiten nutzend, übt er den Beruf des Junkers aus, der es sich zur Aufgabe gemacht hat, Jäger und Forscher magischer Waffen und Artefakte zu sein. Der lange Rauledermantel kennzeichnet ihn als Magier dieses Berufs.

Manchmal fühlt Richard sich aufgeschmissen, da er als Anführer der Octa viele schwierige Entscheidungen zu treffen hat und mit unterschiedlichen Meinungen innerhalb des Ordens klarkommen muss.

Bei einem unerklärlichen Vorfall verliert er seine Erinnerungen, woraufhin sein Gemüt düster, sein Verhalten überheblich und kaltherzig wird. Er altert zudem um zehn Jahre, worauf sich niemand der Ordensmagier einen Reim machen kann. Vorerst.

Arnt Cliff (23)

Arnt Cliff ist Richards Bruder. Er hat braunes Haar und grüne Augen. Er beherrscht das astrale Element der Natur und führt, ebenso wie sein Bruder, eine legendäre Waffe: den knöchernen Kampfstab. Auch Arnt übt den Beruf des Junkers aus und trägt dementsprechend einen

Rauledermantel.

Arnt ist spontan und impulsiv, oft handelt er instinktiv wie ein Anführer und übernimmt diese Rolle zeitweise auch, während Richard seinen Erinnerungsverlust hat. Nichtsdestotrotz fühlt sich Arnt häufig im Schatten seines Bruders.

Man weiß, dass Arnt in seiner Kindheit in Lignum wohnte, doch viel mehr ist über seine oder Richards Vergangenheit nicht bekannt.

Adria Baldar (22)

Adria ist eine Wassermagierin. Sie hat hellblondes, ellenbogenlanges Haar und blaue Augen. Ihre Haut ist weiß wie Marmor und weich wie ein Seidentuch. Auf ihren Schultern ruht stets ein blaugrauer langer Mantel. Doch man darf sich von ihrer zarten Gestalt nicht täuschen lassen: Adria ist im Kampf erfahren, sie ist schlank, schnell und wendig.

Insgesamt macht sie einen aufgeweckten Eindruck, obgleich dieser ab und an durch ihre Sorgen und Ängste getrübt wird.

In ihrer Jugend verliebte sie sich in Will Gray, als dieser eines Tages in das Bauerndorf kam, in dem sie lebte.

Rebecka Faris (25)

Rebecka Faris ist eine Feuermagierin, und eine sehr starke dazu. Sie hat hüftlanges rotes Haar und lodernd rote Augen. Sie trägt eine feuerfarbene Tunika, die für lange Reisen ausgelegt und für eine gesteigerte Wendigkeit im Kampf konzipiert wurde.

In der Regel ist Rebecka eine sehr vernünftige Person,

deren Temperament entsprechend ihres Elements jedoch sehr feurig werden kann. Ihren Ursprung kennt diese Wesensart wahrscheinlich in Rebeckas Kindheit: Im Affekt verbrannte Rebecka damals weite Teile ihres Wohngebietes, als sie erfuhr, ihr Vater sei bei einer Straßenrauferei ums Leben gekommen. Rebeckas Mutter starb bereits bei ihrer Geburt.

Ariagon Carduin (46)

Ariagon ist ein Gesteins-/ Erdmagier. Er ist muskulös gebaut, hat große, stahlharte Fäuste und schulterlanges braunes Haar. Fast immer sieht man ihn in einer eingedellten, wenig prunkvollen Rüstung daherkommen. Dies dient wohl dem eigenen Training und der Abhärtung.

Ariagon ist ein ehrlicher, aufrichtiger Mensch, der entschlossen und wohlüberlegt handelt. Trotz einer eisernen Selbstdisziplin und seiner zielgerichteten Art, schwelgt er häufig in Erinnerungen an vergangene Tage und wird dann doch unverhofft von Nostalgie ergriffen. Er erlangte seine magischen Kräfte als er mitansehen musste, wie man seine Frau in den Gassen Calabras ermordete.

Darvon Dorian (36, sieht aber etwas älter aus)

Darvon Dorian ist Windmagier. Er hat einen Glatzkopf und einen wohlgenährten Bauch. Das weiße Hemd, das er sich in die Hose gestopft hat, verstärkt diese lustige Erscheinung nur und durch seine selbstironische und freundliche Art kann man Darvon wirklich liebgewinnen.

Der Windmagier stirbt im Irrgarten durch einen Angriff

des Dämons Ibal. Älos, sein ehemaliger Meister, ist wie ein Vater für ihn gewesen, den er nie hatte.

Erea Haruki (18, hört aber nicht gerne, dass sie älter aussieht)

Erea ist eine Finsternismagierin. Im Irrgarten erlangt sie die legendäre Waffe Nummer drei, das Schwert der schwarzen Seelen. Sie hat kurzes, schulterlanges schwarzes Haar, ebenso schwarz wie ihre Augen, in denen man ab und zu einen violetten Schimmer zu sehen glaubt. Sie trägt einen schwarzen, ledernen Umhang und hohe schwarze Lederstiefel.

Erea macht häufig einen kaltherzigen Eindruck. Und man ist schnell bei der Vermutung, sie sei überheblich und man würde sie langweilen. Ersteres trifft definitiv nicht zu. Sie hat einen ausgeprägten Gerechtigkeitssinn. Erea ist etwas aggressiver und temperamentvoller als die anderen Magier. Als kleines Kind gaben ihre Eltern (Dirk Haruki und Selena Haruki, zwei Bauern, die nahe Ny-Azh-Naduurs lebten) sie an den jungen Windmagier Darvon ab, der Erea zur Octa brachte, wo die Eltern sie eher in Sicherheit vor den Rittern des dunklen Bundes glaubten als bei sich auf dem Bauernhof.

El Artren (110 Jahre)

El Artren ist ein Lichtmagier und Halbalb, was heißt, er ist halb Mensch, halb Alb, und von diesen gibt es nur wenige. Anstelle einer schwachen Naturmagie, die den Alben für gewöhnlich innewohnt, beherrscht El Artren Lichtmagie, was sich nur dadurch erklären lässt, dass es in der menschlichen Blutlinie seiner Vorfahren mal einen sehr starken (Licht-) Magier gegeben haben muss.

El Artren hat langes blondes Haar und helle graublaue Augen. Sein weißer Mantel ist mit geschwungenen goldgelben Linien verziert, später wärmt zudem ein Müfflerfell seine Schultern.

Eine zurückhaltendere Person als El Artren wird man kaum finden. Insgeheim fürchtet er sich etwas vor Gefühlen, weiß nicht richtig mit ihnen umzugehen und zieht es vor, kühl und gelassen zu bleiben.

El Artren findet im Irrgarten den Tod durch den Stachel des Dämons Ibal.

So!

Das war erstmal eine grobe Zusammenfassung der acht eigentlichen Octamagier. (Wie man sieht, habe ich den Octamagiern wilde Namen verliehen, teils erfunden, teils aus den unterschiedlichsten Kulturen zusammengewürfelt. Jedoch darf man hier in keinerlei Hinsicht irgendwelche Parallelen zu unserer Welt ziehen, ansonsten dürfte Haruki kein Nachname sein und „el" wäre das spanische Wort für „(d)er").

Will Gray und Meister Älos fallen nicht darunter, da diese ja nicht dem inneren Zirkel angehören. Was sich über Will sagen lässt, ist nicht viel, abgesehen davon, dass seine Vergangenheit mit Adria Baldar verknüpft ist und sie sich bereits seit langem nahestehen.

Das wahre Mysterium ist eigentlich Meister Älos Cliff. Man weiß, dass er bereits in den nördlich gelegenen Landen war und einen der mächtigsten nicht-rakomirischen Zauber erlernte.

Er war auch früher einmal mit drei Freunden im Irrgarten, von denen jedoch niemand überlebte, auch sein engster Freund Zal nicht. Weshalb Meister Älos geheim hielt, dass er Richards und Arnts Vater war, und welche Geheimnisse sich noch hinter Meister Älos verbergen, wird man wohl nie erfahren, nun, da er tot ist, oder doch?

So einige Fragen werden sich aufklären im nächsten Band, der zweiten Chronik von Wizzle: *Die Raelka-Schriftrolle.*

Gez. Klaus Maria Müller-Hoberg